Cécile Coulon est née en 1990. En quelques années, elle a fait une ascension fulgurante et a publié six romans, dont *Trois Saisons d'orage*, récompensé par le prix des Libraires, et un recueil de poèmes, *Les Ronces*, prix Apollinaire. Elle obtient en 2019 le prix littéraire du Monde pour *Une bête au paradis*.

Cécile Coulon

LES GRANDES VILLES N'EXISTENT PAS

ROMAN

Éditions du Seuil

Cet ouvrage a été publié dans la collection
« Raconter la vie »
dirigée par Pierre Rosanvallon et Pauline Peretz

TEXTE INTÉGRAL

ISBN 978-2-7578-8263-4
(ISBN 978-2-37021-099-9, 1re publication)

« Si vous voulez être connu sans connaître,
vivez dans un village ;
si vous voulez connaître sans être connu,
vivez dans une grande ville. »

Charles Caleb Colton

Introduction

« C'est joli mais je n'y vivrais pas »

Je me suis souvent demandé si mon village natal, avec ses huit cents habitants, ses lacs, ses étangs, ses chemins et ses forêts, sa barrière de volcans et ses massifs montagneux, existait, même pauvrement, dans l'esprit de ceux qui n'y avaient pas grandi.

Lors d'un morne cours de droit administratif, j'ai appris que la France comptait environ vingt-six mille communes de moins de mille habitants. Enfin ! Voilà ! J'avais trouvé ma case, ma place dans les rapports officiels. Je me suis retrouvée dans les chiffres qu'on assène pour codifier, formaliser, structurer un pays. Ma famille, mes proches, mes amis, mes anonymes et moi-même faisons partie des quelque vingt pour cent de la population française rattachés à ces terres, tantôt paisibles, tantôt terribles, faussement considérées comme le berceau des « bouseux », des « péquenots », vastes espaces dont personne ne parle, dont personne n'entend parler, que l'on devine parfois dans les reportages télévisés à l'heure du journal des régions, et que peu de cinéastes, d'écrivains, de photographes ont saisis.

Pourquoi s'attarder dans pareil endroit ? Certes, l'église est jolie, la place de la mairie aussi. Certes, c'est agréable l'été, les chemins sont commodes pour se balader le dimanche après-midi. Paradis des promenades en famille. Mais franchement – et j'ai entendu ce genre de remarques pendant plus de vingt ans :

– « C'est joli, mais je n'y vivrais pas. »
– « Il n'y a rien d'ouvert, la boulangerie et l'épicerie sont fermées entre midi et 15 h 30. »
– « C'est mort. »
– « L'hiver, ce doit être l'enfer. »
– « Une résidence secondaire, d'accord, mais à l'année, pas pour moi. »
– « On comprend pourquoi ça ne coûte pas cher d'investir dans la pierre. »
– « Quelle horreur d'être jeune dans ce coin ! »
– « C'est loin de tout. »
– « On a vite fait le tour. »
– « Je me demande s'il y a vraiment des gens qui vivent ici à l'année… »
– « C'est agréable pour les enfants, mais une fois qu'ils ont grandi, ils doivent s'ennuyer. »
– « C'est quoi déjà les chiffres de l'alcoolisme à la campagne ? »
– « Prends la vache en photo, ça nous fera un souvenir. »
– « Je ne savais même pas que ça existait en France, ce genre d'endroit. »
– « Ici, c'est le paradis pour des enfants, l'enfer pour des adolescents. »

Souvent, j'ai entendu cette dernière phrase à propos de notre quotidien, ou plutôt de celui que nous imaginaient ceux qui vivaient dans les grandes villes que nous ne connaissions que de nom. C'est étonnant comme la plupart des gens pensent que les enfants aiment se promener dans les chemins, et leurs aînés dans les magasins de fringues. Le paradis pour les enfants : la campagne à portée de main, les grandes maisons qui coûtent moins cher qu'en ville, de vastes jardins, les promenades interminables, l'air pur et l'absence de danger. L'enfer pour les adolescents : pas de salle de cinéma, pas de centres commerciaux, pas de skate-park, pas de librairie, pas de piscine municipale. Et pourtant, de tous ceux qui ont partagé les lieux, les histoires, les saisons, les maisons dont je vous parle, aucun ne m'a jamais parlé d'enfer, d'ennui. De différences avec la vie citadine découverte par la suite, c'est certain. Un de mes amis m'a écrit : « Quand j'ai quitté la maison pour étudier puis travailler en ville, j'ai eu l'impression de découvrir un nouveau monde, qui n'avait rien à voir avec le mien. » Mais aucun des deux n'est ni moins bon ni meilleur que l'autre. Différent, c'est sûr. Parfois opposé, souvent complémentaire.

Je n'ai jamais répondu à aucune de ces remarques. Par flemme, par manque de courage, de crédibilité, et peut-être de sang-froid. Jusqu'à aujourd'hui.

Cette histoire n'en est pas une. Ce n'est ni un roman ni un essai. Ni un conte ni un documentaire. Pas même un témoignage. C'est un regard, un regard d'abord patiemment aiguisé, posé en silence sur les terres auvergnates. Un œil qui s'est ensuite détourné pour voir les mêmes choses, au creux d'autres paysages, souvent grandioses, en Ardèche, dans la Drôme, dans le Lot, en Lozère, en Corrèze, en Creuse.

Évidemment, mes souvenirs, ou ce qu'il en reste, ne suffisent pas à transcrire avec une impartialité totale le quotidien d'un village de huit cents âmes il y a quinze ans de ça. La mémoire ressemble à une chambre froide défaillante, incapable de conserver les souvenirs en état, d'ailleurs toujours émaillés par des débris d'imagination. Alors, malgré moi, je raconterai des mensonges, des mensonges impeccables, drôles ou tristes, mais des mensonges quand même. Et comme d'ordinaire j'écris des romans, je passe mon temps à mentir. Mais là, je voudrais quitter cet habit le temps d'un texte. Même si je sais que rien n'est moins honnête, moins digne de confiance que la sincérité pourtant promise d'une autochtone. Les hontes, secrets et fiertés de l'enfance prennent trop de place, irriguent les souvenirs, à la manière d'un voile teinté qu'il serait bon de lever. Ce n'est pas toujours facile de dissiper ce brouillard qui prend les yeux et les narines, surtout quand il imprègne un lieu qu'on pense nôtre.

J'ai donc demandé à mes anciens camarades de classe, à mes coéquipiers en sport, mes voisins, ceux qui prenaient le car le matin, le soir, de me raconter leur adolescence en ces endroits trop éloignés des grandes cités pour être appelés « banlieues » par les experts, et pas assez désertés pour être considérés comme des « zones rurales ». J'ai parfois entendu, lu, le terme « rurbains », expression fourre-tout, presque humiliante, et bien sûr restrictive. Ça sonne comme une insulte. On construit des voies de garage pour parler de ceux dont on ne sait pas parler, dont on ne sait que dire parce que, franchement, qui se soucie de savoir ce que vivent des adolescents dans des endroits où il n'y a pas de fast-food, pas de grande rue piétonne bardée de magasins ? « Rurbain », une étiquette minuscule sur le couvercle d'une énorme boîte. Les jeunes dont je parle ici existent dans l'ombre, sans mentionner, regarder, écouter la capitale, ce cœur soumis aux arythmies quotidiennes des médias, du bruit, de la vitesse. Paris est un pays lointain, un pays qui coûte cher, et qui sent mauvais.

Le plus étonnant ? Malgré nos trajectoires différentes, nos modes de vie actuels, nous avons les mêmes souvenirs, partageons le même passé, l'amour ou la haine des mêmes lieux. Ces espaces, on y habite pour rêver d'en partir, on les quitte pour rêver d'y revenir. Quand on y a grandi, on a presque réussi à se persuader, au fil du temps, que les grandes villes n'existent pas.

1

Le village où je suis née
« Une cage sans barreaux »

Nos villages ne ressemblent pas à des vieillards fatigués qu'on tente, tant bien que mal, de réanimer, les paumes appuyées contre la poitrine, à la recherche d'un battement de cœur, d'un souffle. Ce ne sont ni des mourants ni des fantômes. Simplement des lieux dont on ne parle jamais.

Nos villages se ressemblent : ceux qui ne sont pas construits sur des « cailloux », en hauteur, sur des amas rocheux qui permettaient aux ancêtres d'échapper aux inondations et de voir arriver l'ennemi, ceux qui ne sont pas en haut de ces perchoirs déroulent leur coquille d'habitations autour de la place de l'Église. Les rues voisines sont souvent étroites, les maisons plutôt basses. Plus on s'éloigne, plus les rues s'élargissent : à la sortie des villages, les anciennes maisons de maître, des nobles, sont souvent fermées, car habitées seulement durant les vacances. Et, depuis une trentaine d'années, là où des terrains vides, vagues, plus ou moins cultivés, offraient leurs lignes droites aux conducteurs de passage, des familles ont fait construire des lotissements, parfois cossus, d'autres fois plus fonctionnels : des maisons avec des jardins, au crépi blanc ou jaune clair ; des murets, des haies ou des grillages séparent les lotissements qui grignotent progressivement le territoire. Vues du ciel, les maisons blanches encerclent le village comme la peau d'une boule de mozzarella fraîche. Plus on va à l'intérieur, plus les anciennes bâtisses sont serrées, fraîches l'été et chaudes l'hiver. Les plus jeunes vivent dans les lotissements, les anciens dans les rues vers l'église. Le temps et l'architecture avancent d'un même pas : le village s'étire à mesure que les années passent.

Le lieu où nous sommes nés, cette cage familière, sans barreaux pour nous permettre d'en sortir quand bon nous semble, de nous en éloigner, et d'y revenir sans peur.

Le village où je suis née jouxte une autre commune, chef-lieu de canton, elle-même proche d'une troisième commune d'un peu moins de mille habitants. Trois villages, aux limites floues. Une grande rue les traverse, diagonale brisée entre les maisons basses, les trottoirs vides, les devantures de commerces qui n'ont pas été repeintes depuis longtemps. Malgré la proximité de ces trois villages, les habitants « du haut » ne connaissent rien de celui « du bas », alors qu'il suffit de traverser « celui du milieu », environ deux kilomètres plus loin, pour le rejoindre. Il n'est pas nécessaire de serrer fort pour tordre le cou à une idée reçue : non, tout le monde ne connaît pas tout le monde à dix kilomètres à la ronde. Une fois sorti de sa rue, une fois passé le panneau de sortie/entrée, on n'est plus chez soi.

Il n'y a pas de salle de concerts ou de théâtre ; pas de magasin de vêtements, de jouets, de cadeaux, d'électroménager, encore moins de jeux vidéo. Il n'y a ni brasserie ni boucherie. Dans certains endroits, le camion passe une à deux fois par semaine : il fait rugir sa sirène sur la place publique. Le vendredi, le poissonnier s'installe sur la place de la Mairie ; il y a plus d'attente pour acheter du filet de cabillaud que pour une avant-première d'un film hollywoodien.

Il n'y a pas de médecin non plus : l'accès aux soins, comme les transports, c'est le talon d'Achille de ces petits colosses situés en marge du cahier national. Mieux vaut ne pas être malade, parce que, avec un ou deux médecins de campagne pour une dizaine de patelins, on risque d'attendre longtemps avant d'avoir une ordonnance. Et puis après, il faut encore trouver une pharmacie – par chance, il y en avait deux à un kilomètre de chez nous, mais parfois, quinze minutes de voiture sont nécessaires pour récupérer ses médicaments. La maladie, c'est l'aventure. Des véhicules médicaux emmènent à l'hôpital les « petits vieux » qui sont restés chez eux. Les infirmières itinérantes, les aides-soignants passent plus de temps sur la route qu'avec leur patient. Être malade dans un endroit où le téléphone passe mal et où la première pharmacie est à dix bornes, faut avoir du courage.

Excepté le service de ramassage scolaire, aucun transport en commun n'a jamais traversé la rue principale du village où je suis née. C'est toujours le cas. Bien sûr, il existe des taxis locaux, regroupés en entreprise de deux ou trois chauffeurs. Ils se partagent le transport des personnes âgées qui ne peuvent plus conduire, font aussi office de véhicules médicalisés pour permettre aux malades d'aller passer leurs examens, séances de chimiothérapie, dialyses, dans les centres hospitaliers de la ville la plus proche. Ceux qui n'ont pas le permis dans les campagnes sont soit trop jeunes, soit malades.

Le temps. Un immense point d'interrogation. D'où qu'on vienne. Mais ici, c'est comme un morceau de guimauve chaude : ça s'étire, encore et encore, et ça colle dans la paume de la main. Il faut trois minutes à pied pour rejoindre son meilleur ami. Dix à vélo pour trouver un endroit sympa, pique-niquer au bord d'une rivière. Vingt-cinq de plus pour retrouver quelqu'un qui n'habite pas le même village, mais un autre qui lui ressemble. Le cinéma : trente minutes de voiture. Parfois plus pour trouver un spécialiste en cas de maladie. Des heures et des heures de train pour atteindre les grandes villes, si on a envie de les atteindre. L'avion ? Je n'en parle même pas. La plupart ne l'ont jamais pris, ou si peu. Ça sort de l'ordinaire. Ici, tout se fait à pied, puis à vélo, puis en scooter, et, enfin, en voiture. Dans les patelins dans lesquels passe le train, on traverse sur la voie, des planches indiquent où poser le pied. On ne risque pas de se tromper de quai ; il n'y en a qu'un. Mais les gares de campagne ferment les unes après les autres. Celles qui restent sont minuscules.

Aller en ville relève de l'exceptionnel. Pour les grandes occasions, ou quand un proche plus âgé daigne nous emmener passer l'après-midi dans les magasins, devant les magasins, au cinéma. Le moment de s'habiller pour sortir : même si le grand événement consiste simplement à flâner dans des rues pavées, regarder les vitrines et manger une glace devant la cathédrale.

À ce moment-là, la « grande ville » en question comptait une centaine de milliers d'habitants, le reste du pays la surnommait gentiment « le trou du cul de la France ». Aujourd'hui, c'est une agglomération de quatre cent cinquante mille habitants, avec ses cités-dortoirs, ses jardins rasés, ses doubles voies bordées de magasins, de promoteurs immobiliers et de concessionnaires automobiles. Pourtant, en arrière-plan, la chaîne des volcans nous rappelle qui était là en premier.

J'ai passé, en ces lieux « jolis mais invivables », mon enfance, mon adolescence et les miettes de ma vie d'adulte, comme des centaines, des milliers d'autres enfants, d'autres adolescents, d'autres jeunes adultes, dans d'autres régions. À l'heure où j'écris ces mots, certains disent avoir définitivement coupé les ponts avec leur village natal, la plupart y reviennent régulièrement – c'est mon cas – et il y a ceux – une minorité – qui n'en sont jamais partis.

Partir : le mot qui fait peur, qui fait parler. Le rêve ou le cauchemar. Une chose est sûre : nous avons tous été, d'une façon ou d'une autre, façonnés par ces lieux, visibles uniquement sur les cartes routières, sur les circuits de randonnée empruntés par les promeneurs et sportifs de tout poil le dimanche après-midi. Ces lieux fréquentés par les touristes de la fin du printemps aux premiers froids d'automne, rapidement traversés par les skieurs en hiver avant de rejoindre les pistes enneigées une trentaine de kilomètres plus haut. C'est ainsi, la nature, ce qu'elle promet, ce qu'elle offre, attire autant qu'elle révulse. Les citadins viennent prendre leur shoot de « retour à la terre » avant de rentrer dans leur appartement raconter la virée qu'ils ont faite dans des villages exotiques où les gens ont un drôle d'accent. Oui, c'est un cliché. Mais un cliché n'est pas une caricature.

2

Dehors
« Des enfants élevés en plein air, comme les poules du voisin »

Ici, les enfants apprennent à nager dans les lacs, les rivières et les étangs. Chacun a ses souvenirs de pique-nique en été, de jeux plus ou moins conseillés sur la glace en hiver. Quelques-uns ont eu un scooter à quatorze ans, mais la plupart ont pris l'habitude, très tôt, de se déplacer à pied, à vélo, en courant. Le week-end, après les repas familiaux qui s'éternisent, tout le monde part en balade. Quoi qu'il arrive, toute rencontre, événement, retrouvaille se termine à l'extérieur. C'est un principe : il y a toujours plus de choses à faire dehors. Plus de choses à voir. Plus d'endroits où se cacher. Nous avons été élevés en plein air, comme les poules du voisin.

L'existence se construit, s'étoffe, autour de ce qui se passe hors des quatre murs du foyer. À Paris, les gens vivent à quatre dans trente mètres carrés, on appelle ça « la bohème » ; à la campagne, tu vis seul dans soixante mètres carrés, on appelle ça « la misère ». La plupart des habitations disposent d'un jardin, d'un potager, parfois, plus vaste que l'espace habitable. Malgré le confort des intérieurs, le quotidien tourne autour des événements extérieurs. Il est rythmé par les horaires du car pour les collégiens et les lycéens, des entraînements, des matchs, des retrouvailles sur les places, derrières les stades, parfois chez les uns et les autres pour les jeux vidéo. Dans ce cas, l'après-midi se termine nécessairement par la même phrase : « On va faire un tour. »

On passe son adolescence à « faire un tour ». Parfois, ça dure dix minutes, d'autres fois trois heures. Oui, on a le droit de sortir se promener, tant qu'il fait jour, d'aller voir les copains, les copines, de traîner sur la place de la Mairie, « la place publique sans le public ». L'autonomie. Certes, on a le droit de… Mais il s'agit d'une liberté restreinte, puisqu'elle se déploie dans les limites géographiques qu'impose le manque de transports, d'ouverture, de confiance. Ces frontières ne sont pas faites de lignes blanches et de goudron, elles sont psychologiques. Passé un carrefour, un chemin, l'orée d'un bois et la berge d'une rivière, demi-tour vers la maison. On rentre chez soi ; la prochaine fois, demain, dans une semaine, dans un mois, on refera le même tour, avec le même copain, peut-être qu'entre-temps on aura passé un samedi chez un autre avec qui on aura entrepris un tour différent, et les années passent, jusqu'au jour où quelqu'un vient vous chercher en scooter, ou mieux, *libération*, en voiture.

Traîner dans les rues. Une activité fort prisée des plus jeunes, et des autres. On passe son temps dans la rue. Pour retrouver quelqu'un, pour aller chez quelqu'un, pour fuir quelqu'un. À vélo, à pied. On y joue beaucoup. Le soir, après l'entraînement, ou quand on sort des longs repas sur la terrasse d'un voisin, on reste dans la rue, on discute, on fume, adossé au mur. Ça dure jusque tard dans la nuit. Rester dans la rue, ça permet de se sentir chez soi sans être prisonnier de la famille. On n'a pas peur, parce qu'on connaît cette rue comme sa propre chambre, on peut rire fort, s'énerver, parler de tout, c'est beaucoup moins oppressant que le canapé du séjour. Les murs ont des oreilles, mais des oreilles bienveillantes. Maintenant, les gens de mairie décident de couper l'éclairage public la nuit. Pour faire des économies, et pour que les rues soient calmes. Elles le sont, calmes, puisqu'elles sont vides. C'est drôle, dès qu'il y a de la vie quelque part, les gens ont peur du danger. Les gens ont peur de vivre. Ils se contentent d'exister, d'être là.

Dehors. Au fil des saisons. La légende urbaine veut que les hivers soient plus rudes à la campagne qu'à la ville ; sur les écrans, des images de maisons enfouies sous des dizaines de centimètres de neige, de rues impraticables, d'électricité coupée. Pourtant, le froid, la neige n'ont jamais empêché personne de sortir. Le temps fait partie du jeu, la vie ne s'arrête pas à cause de la météo. « De toute façon, on vit avec les saisons. De toute façon, on vit dehors. »

Dehors. Toujours, tout le temps, par tous les temps. L'été shorts et débardeurs trop larges, l'automne les bottes, l'hiver gants et cagoules, le printemps sweats à capuche et chaussures de marche. S'amuser dehors. Avec de la terre, dans l'herbe, les arbres, les chemins forestiers et les bords de rivière. L'été on construit des barrages, l'hiver des bonshommes de neige, le printemps des cabanes. C'est drôle, à la campagne, l'été fait cuire la peau, et l'hiver la renforce. La peau des enfants change de couleur selon la saison.

L'hiver, quand il neige, on fait du ski, de la luge, des raquettes, on construit des bonshommes sur lesquels on plante des branches de chaque côté d'une énorme masse de neige compacte pour faire les bras, on se poursuit dans les champs, les jardins, les moufles pleines. Il suffit de marcher une centaine de mètres pour trouver un endroit où faire glisser sa luge. Trente kilomètres pour trouver les premières pistes de ski de fond, un peu plus pour les alpines. Quand il fait trop froid, on reste à l'intérieur. Les feux de cheminée crépitent, c'est un des meilleurs souvenirs que j'ai ; quand la nuit tombe à dix-sept heures et que les flammes dans le salon font danser les ombres sur les murs. On fait des « gros goûters », on se pend au téléphone avec les copines, ce qui fait hurler les parents puisque les forfaits illimités ne sont pas encore d'actualité. Il y a ceux qui lisent, ceux qui jouent, ceux qui regardent la télé. Et ceux qui font un peu les trois – qui s'ennuient le moins. On joue beaucoup aux cartes. La télévision est allumée matin et soir. On regarde des films, des cassettes enregistrées, les dessins animés de Disney et Tex Avery. Les Looney Tunes. On joue à des jeux de société, qui sont nombreux dans le placard dans la chambre, le Monopoly, la Bonne Paye, le Mille Bornes. Les Kapla quand on est gamin. En grandissant, on essaie de squatter l'ordinateur un peu plus longtemps, MSN permet de papoter instantanément avec les potes du lycée, et de draguer plus facilement. Les blogs des uns et des autres voient le jour et chacun raconte sa vie, avec des caractères gras, des polices d'écriture improbables et des photos en noir et blanc parfois ridicules mais toujours touchantes.

À la fin des années 1990, tous les foyers n'ont pas internet, il y a généralement un seul ordinateur par famille et les adolescents de moins de seize ans qui ont un portable, le Nokia bleu foncé, avec le jeu du serpent, sont les stars de la cour de récré. Ce sont les mêmes qui ont la télé dans leur chambre ; un luxe, un privilège qui permet de passer des nuits blanches chez le copain, la copine, sur la console de jeux vidéo. Les tout premiers GTA, Mario Bros, Resident Evil, Doom. Ce genre de choses. Je n'avais pas de console ; seulement la GameBoy grise que je partageais avec mes frères lors des longs trajets en voiture. On jouait à Tetris. Jusqu'à ce que les piles crèvent.

L'arrivée d'internet a changé la donne, mais les cartes sont restées dans les mêmes mains. Et les œufs dans les mêmes paniers. Aujourd'hui, si un ami vient passer un week-end dans mon village natal et qu'il me demande s'il y a du wifi, j'ai envie de lui faire bouffer son clavier. Comment veux-tu qu'il y ait du wifi ? Tu crois que l'église est connectée à SFR ? Tu crois que la rivière transmet la 4G ou quoi ? Ça m'a toujours fait rire les gens qui voient pour la première fois des vaches ou des caves d'affinage de fromage, quand ils goûtent du lait sorti tiède du pis de la chèvre. Ce n'est pas que je me moque, pas du tout, c'est que ça m'étonne toujours, autant de surprise, d'incompréhension, de découverte de choses qui sont si naturelles, si profondément inscrites dans la vie quotidienne, ça me paraît dingue qu'ils ne se demandent pas d'où vient le lait que leurs gosses boivent le matin en mangeant leurs céréales.

Au printemps, les activités de plein air reprennent ; les terrains de foot, de tennis, de basket ne désemplissent pas, les chemins sont accessibles à vélo. Au bord du lac, les ânes sont attachés aux pieux d'une rambarde de bois ; les enfants montent dessus, aidés par leurs parents, puis traversent la forêt sur le dos des mulets. Sortir en ville a quelque chose d'exceptionnel ; s'enfoncer dans les bois, les pieds allongés contre la robe d'un âne, apparaît simplement comme une activité plaisante, extraordinaire seulement pour les petits qui s'y essaient pour la première fois.

L'été, comme beaucoup de locaux habitent dans des maisons avec jardin, et donc terrasse, les barbecues sont allumés en continu. Les rares possesseurs de piscine accueillent les amis des uns et des autres. C'est simple ; pour reconnaître l'adolescent populaire au milieu du troupeau, il suffit de savoir qui passe ses après-midi de juillet à barboter derrière la maison.

Nous avons passé une bonne partie de notre enfance à partir en forêt construire des cabanes. Fuir la maison pour s'en construire une autre. Ça prend des heures, des jours, voire des semaines. Les tailles varient en fonction de l'âge de ceux qui les construisent : certaines s'effondrent au bout de quelques heures, ressemblent plus à des tipis qu'à de vraies masures, d'autres tiennent des années, rehaussées d'écussons, de planches, de rondins, affublées d'étages plus ou moins bancals sur lesquels les petits grimpent à l'aide d'une échelle improvisée. On prend le goûter là-haut, puis, vers quatorze, quinze ans, si la cabane est toujours là, on fume des cigarettes, on flirte, on parle, des heures et des heures durant. Il n'y a pas de « foyer », ou de « maison de jeunes », des endroits censés accueillir les adolescents pour qu'ils évitent de traîner dans les rues. Alors on s'en invente. Souvent c'est la chambre, ou la cave d'un(e) ami(e), d'autres fois la cabane, ou un rocher au bout duquel on s'installe pour ne rien faire.

Dehors. Avec les animaux. Non, à côté des animaux. Ils font partie du quotidien, comme les rivières, les grottes et les volcans. Une des sorties préférées des enfants – et aussi des adolescents, mais ils ont un peu honte de l'admettre – est d'apporter le pain rassis aux chevaux, poneys, canards, cygnes, et autres bestiaux agréables à regarder, à caresser (sauf pour les volatiles). Les langues ignorantes se moquent parfois en disant qu'il y a plus de vaches, de chiens, de chats et de poules que d'âmes humaines. Ce qui signifie aussi que la viande sort directement de la ferme voisine, que les œufs sont ramassés le matin « au cul de la poule », que les enfants sont habitués, très tôt, à voir, regarder, comprendre des animaux. Un jour, je vais acheter du fromage de chèvre sur une exploitation proche. Je paie mes courses, complimente la patronne sur le goût de son produit ; elle pointe du doigt le champ derrière moi, où un troupeau de chèvres, robe brune, museau noir, arpente l'herbe pâle, et me dit : « Allez le dire directement aux patronnes. »

Des animaux partout. Des chiens sur les paillassons et devant les portails, des chats couchés au soleil et perchés sur le bord des fenêtres. Quand on se rend à l'école, à l'épicerie, à la mairie, au stade, à pied évidemment, quand on remonte les chemins forestiers pour atteindre les lacs à quelques kilomètres de là, quand on s'enfonce dans les bois pour construire des cabanes ou se promener en famille, on croise des chevaux, des vaches, des poules, des oies, des canards qui amusent les enfants et font soupirer leurs parents. Les clapiers : les gamins caressent les oreilles des lapins avant qu'ils soient tués, pendus par les pattes, et là, on leur « enlève le pyjama » de haut en bas, la fourrure vient d'un coup d'un seul, on mange la bête le soir ou le lendemain avec de la moutarde, des navets et des carottes. Dans les champs d'herbes hautes et les chemins caillouteux, on entend les serpents qui bruissent sur les côtés. On ne les voit pas, mais on les entend. Quand la nuit tombe, de gros rats de campagne traversent les champs, les jardins, les renards coupent à toute allure les routes peu empruntées et souvent, quand on passe l'après-midi sur les vélos pour rejoindre untel, le long des prés plus ou moins entretenus, on compte les chevreuils, les biches, les lièvres et les oiseaux qui partagent la nature avec nous. Ça, c'est pour les animaux sympathiques, ceux qu'on aime bien voir, caresser, prendre en photo. Les animaux gentils. Pas besoin d'aller au zoo ou de regarder la télévision. Il suffit de prendre la voiture après huit heures du soir pour croiser un daim, un faon ou une biche sur le bord de la route. Les sangliers aussi, mais se trouver sur leur chemin n'est pas forcément une bonne chose, surtout si la femelle protège ses petits au moment où on promène les siens. Il faut savoir courir vite quand on croise un sanglier.

Et les méchantes petites bêtes. Les araignées, les serpents, les mille-pattes énormes, les rats, les orvets, les sauterelles de la taille de la main qui viennent se coller sur les vêtements quand il fait trop chaud. Alors oui, ce qui m'a terrifiée – et je n'étais pas la seule dans ce cas –, c'était la taille des araignées qui rentrent dans les maisons de campagne à l'approche du mois de novembre. Les grands-parents disent : « Elles sont comme nous, elles ne veulent pas passer l'hiver dehors. » Le matin, quand on ouvre la lumière dans la salle de bains ou la cuisine, il y a de grosses et grasses tégénaires ; avec les yeux de l'enfance comme des loupes grossissantes, elles nous paraissent monstrueuses. Sans rire, les grosses araignées poilues de la campagne en ont effrayé plus d'un. Tout le monde a le souvenir d'un réveil musclé après avoir mis la main sur l'interrupteur de la cuisine. Il suffit de montrer la bête au chat sur les murs ou dans l'évier, et un quart d'heure plus tard, les huit pattes sont éparpillées aux quatre coins de la pièce. Mais quand l'araignée est au plafond, rien à faire. Les vieux disent : « Une maison avec des araignées est une maison saine. »

En réalité, le plus terrifiant, ce n'est pas quand on voit la bête, c'est quand on ne la voit plus. Alors on s'imagine le pire.

Les serpents effraient aussi, mais moins. On trouve les couleuvres près des rivières, entre les cailloux. Les couleuvres aiment l'humidité, les vipères les endroits secs. Très tôt, les gamins savent que les premières sont inoffensives. Les secondes en revanche, aïe. Quand il fait chaud, elles rentrent parfois dans la maison. Dans le sud de la France, la chaleur pousse les petits scorpions noirs dans les pièces fraîches. Là encore, certains ont failli s'évanouir la première fois qu'un petit a traversé la salle de bains, les deux pinces bien en évidence. Généralement, plus les animaux sont petits, plus ils effraient les habitants, leurs enfants. Curieux, non ? Mais, dans les jardins, les gosses jouent beaucoup avec les « gendarmes ». Ces petits insectes rouge orange, avec des pois noirs sur le dos, qu'on trouve par centaines au pied des troncs d'arbre. D'autres les appellent des « suisses ». Quand on en trouve deux « accrochés », en reproduction, ça porte bonheur.

Deux histoires qui m'amusent et me bouleversent. La première se passe sur les rives d'un lac du Puy-de-Dôme que les familles viennent voir avec leurs enfants, et les photographes mitrailler quand la lumière caresse la surface. Le lac est bordé par un large pré où rumine un taureau brun, énorme. Deux gosses viennent s'amuser à regarder l'animal. D'ordinaire, c'est la bête qui effraie les enfants ; mais là, le taureau prend peur, charge en direction du lac et se jette dans l'eau, puis traverse le lac à la nage. Paniqué, le taureau parcourt la largeur et arrive sur la rive opposée. Il aurait dû étouffer, se noyer à cause de l'eau dans ses poumons. Pourtant, il revient à la nage, et s'effondre dans le champ où les enfants l'ont effrayé. Le vétérinaire du coin est appelé ; allongé sur le flanc, le taureau est mort. Le médecin ouvre alors le cadavre et reste ébahi : le cœur du taureau a explosé. Boum.

L'autre histoire raconte l'épopée d'un chat, d'un mauvais chat. Une teigne, le genre de matou qu'on ne veut pas avoir chez soi. Une boule de poils qui pue, qui griffe, qui gueule toute la journée, le roi à la maison. La vieille dame n'en peut plus de nourrir cette sale bête et de recevoir des coups de griffes. Alors, un jour, en route pour aller poster son courrier, elle attrape le chat par la peau du cou, l'envoie au fond d'un sac en toile épaisse et noue la corde autour pour l'empêcher de sortir. Évidemment, le chat s'affole. Sur le chemin, la vieille jette le sac dans la rivière, bon débarras. Elle va poster son courrier, dit certainement bonjour à la moitié du village et revient chez elle en fin de matinée. Surprise, surprise. Sur le perron, le chat est là, trempé, le poil bas, éreinté de fatigue, mais bien en vie. Autant vous dire qu'il est resté le roi à la maison, avant de mourir dans un coin de la grange, comme font tous les animaux qui n'ont pas pris un coup de bâton derrière les oreilles.

Quand les citadins viennent s'installer à la campagne, tous les vieux vous le diront – et tous les maires aussi puisque c'est à eux de régler ce genre de conflit –, se pose le sempiternel problème du bruit des animaux du voisin. Le seul conseil que je peux vous donner, à vous qui voulez acheter une maisonnette dans un coin paisible où les oiseaux chantent et les abeilles butinent, c'est de vérifier le nombre de pattes de vos voisins : ça peut tourner au cauchemar si vous n'êtes pas habitué. Partout le même calvaire : un couple achète un terrain, fait construire une maison ou retape une ancienne bâtisse en ruine, la vie est belle, les enfants s'il y en a vont à l'école du village, le pain du boulanger est meilleur qu'en ville et moins cher, bref, le paradis, sauf que le coq du voisin, sur son tas de bois, chante à toute heure du jour et surtout de la nuit. De quoi vous percer les tympans, l'enfer sur terre, vous êtes sur les nerfs, le moindre bruit vous fait péter les plombs, impossible de faire la grasse matinée le week-end, de manger dehors l'été parce que le coq gueule en permanence. Parfois, ça se règle à la carabine, au poison, à la batte. D'autres fois, les gens se parlent. Et souvent, les deux voisins se retrouvent face à face à la mairie, l'un en a marre du bruit, l'autre dit « vous êtes arrivé ici en dernier, je ne vois pas pourquoi je tuerais mon coq »… À la fin, il faut tuer la bête. Et la manger. Quand c'est un coq, c'est pas très grave, mais s'il s'agit d'un âne, qui brait à n'importe quelle heure du jour et de la nuit, c'est une autre histoire. Autant passer la journée à se promener sur le périphérique.

Les premières rencontres, amicales, amoureuses, sexuelles, se font dehors aussi. Un mec, ou une fille, que tu connais parce que tu habites dans sa rue, parce que vos familles font des barbecues ensemble le dimanche, ou parce que vous prenez le même bus scolaire, vient te chercher chez toi. Il faut que tes parents soient d'accord évidemment, sinon tu vis ton histoire au collège ou au lycée, loin des yeux familiers, qui veulent te protéger, sans penser que la protection, c'est une prison dorée. Tes premières histoires, il y a deux façons de les vivre : avec quelqu'un du village ou avec quelqu'un du collège. Deux endroits différents. La cour, devant les grilles, à l'arrêt de bus, ou la place du village, les chemins à l'écart, les longues balades à pied ou à vélo. Mais c'est plus simple quand ça se passe avec un ou une autre élève qui n'habite pas près – à moins de huit cents mètres – de chez toi. Même si c'est plus difficile de se voir. Le week-end, il faut demander à quelqu'un de t'emmener, et ce quelqu'un pose inévitablement ces questions stupides : « Alors, t'as un/une amoureux(se) ? Il/elle est mignon/ne ? » Il n'y a rien de plus humiliant, de plus infantilisant que ces remarques. Laissez les jeunes, et tous les autres par la même occasion, embrasser, serrer, lécher qui ils veulent, sans les soumettre à ce genre d'interrogatoire, avec ce même air qu'on utilise pour faire rentrer le chien à la maison une fois qu'il a pissé dehors. D'ailleurs « promener le chien » a souvent été un excellent prétexte pour aller retrouver quelqu'un qu'on aime, qu'on désire, ou les deux, au bout de la rue. Même si, dans un patelin ravitaillé par les corbeaux, tout se sait, tout finit par se savoir.

3

Le stade
« On y est aussi souvent qu'à l'école »

C'est vrai, y a pas grand-chose. Mais il y a le stade.

Pour les enfants et les adolescents, les deux poumons d'un village sont le stade et l'école municipale s'il y en a une. Le terrain de football, la cour de récréation : premières rencontres, premiers émois, premières disputes. Apprendre à vivre en comptant le nombre de buts tirés dans la lucarne, le nombre de zéros sur le bulletin scolaire. Pour certains, les points du match ont autant de valeur que ceux des devoirs faits en classe. Le foot rassemble ; alors, pour les joueurs, petits, moyens et grands, l'enjeu est de taille. Les règles d'une équipe enseignent à jouer ensemble, à vivre ensemble. On ne dira jamais assez l'importance du sport dans les villages : il est au cœur de la collectivité, il anime les conversations, les rues et les soirées, les familles ; il permet les rencontres, les fêtes, les banquets.

Le sport : premier vecteur d'ouverture vers le monde extérieur. Et ceci pour une raison très simple : lorsque vous êtes inscrit en club, les week-ends sont consacrés aux matchs, aux rencontres « à domicile » ou « à l'extérieur ». Lorsque l'équipe locale se déplace, les parents emmènent plusieurs joueurs puis se rejoignent sur les gradins, à la buvette, dans un autre village, à trois, dix, quinze ou trente kilomètres, ils commentent les progrès de leurs gosses, discutent des dernières nouvelles, des problèmes d'untel. Pour les plus jeunes, le moment est venu de se confronter à d'autres poulains du même âge. Ils s'affrontent sur le terrain, équipés de maillots différents, couleurs criardes et symboliques.

Ici, au cœur de la commune principale, celle « du milieu », trois terrains de football. Un kilomètre plus bas, trois autres terrains, tout aussi bien entretenus, et dans le village « du haut », une morne plateforme d'herbe délimitée par deux cages. Sept terrains de football, pour moins de trois mille habitants. Le stade : un large espace bien entretenu, occupé par un terrain de la taille réglementaire en son centre, bordé de murets foncés, peu élevés, dévorés par les intempéries et repeints tous les trois ans. À l'entrée, un parking de gravier rouge peut accueillir une cinquantaine de voitures. Sur la droite, fixés au muret, une dizaine d'emplacements pour les vélos. Une rangée d'arbres proprement taillés longe un promontoire artificiel depuis lequel on peut voir le match, un endroit stratégique pour les organisateurs de rencontres sportives : la buvette y est installée les jours de compétition. Des allées délimitées par des bordures légèrement bombées mènent jusqu'à un autre terrain, de sable cette fois-ci, plus petit, autour duquel quelques bosquets poussent, à côté d'un terre-plein où des jeux pour enfants font le bonheur des plus petits, et surtout celui de leurs parents qui profitent du match et des conversations enjouées. Derrière le grillage qui sépare les jeux de la route principale, un portail en fer noir amène les visiteurs vers un troisième terrain herbeux, entouré de hauts barbelés.

Jour et nuit, le stade vit, respire, exulte. Le soir, les entraînements durent jusque tard : les joueurs de football, des poussins jusqu'aux vétérans, se partagent les terrains, conformément aux grilles de planning accrochées sur le panneau d'affichage. Le parking n'est jamais vide. La journée, les personnes âgées viennent s'y promener. En période de vacances, les familles jouent avec les enfants, occupent les terrains, courent autour du stade. Les sportifs amateurs, avides de discrétion et de silence, s'approprient les allées quand l'enceinte s'est vidée de son tumulte.

Le stade municipal, c'est comme le bistro du coin, avec plus d'espace et de pelouse. Et parfois, plus d'alcool. Ça réchauffe et ça excite. Les horaires d'ouverture varient selon les personnes qui s'y trouvent. On vient pour voir un match, mais surtout, surtout, pour sortir avec les enfants, boire un coup, prendre des nouvelles. Le week-end, pendant les matchs, le village bat au son des hurlements des supporters, les plus jeunes restent sur le terrain de jeux pour enfants, les adolescents se réunissent sur le parking. Ils viennent voir jouer leurs frères, leurs parents, leurs amis ; l'apéro dure plus longtemps que le match lui-même.

Le rythme de la vie adolescente suit celui des événements sportifs. Le stade est un lieu d'éducation, tout comme l'école ; nous savions que « se retrouver au stade » signifiait aussi partager le même espace que des inconnus, les voir, leur parler, nouer des amitiés, développer des rancœurs, lancer des rumeurs, débuter des romances. Les gradins sont des lieux privilégiés pour voir sans être vus, on y fume ses premières cigarettes, ses premiers joints aussi. Le stade : lieu de rencontres, de retrouvailles, de drague. Filles et garçons s'y voient le mercredi après-midi, le samedi, le dimanche. À douze ans, plus de la moitié des garçons du village sont inscrits dans une équipe. Mes deux frères jouaient au foot. De huit à quinze ans, je me suis essayée à la danse, au tennis, au basket, puis j'ai cessé toute pratique sportive en club et me suis consacrée à la course à pied.

Comme la commune n'est pas trop étendue, mes frères et moi avions le droit d'aller seuls au stade rejoindre nos amis – les joueurs de leurs équipes, leurs frères et sœurs qui les accompagnaient pour éviter de rester seuls à la maison. Au stade, il y avait toujours quelqu'un avec qui discuter, toujours un pote, une copine, un visage connu, qui venait s'asseoir à vos côtés sur les gradins pour papoter, ou simplement siroter une bière, un soda, en attendant que la nuit tombe et que sonne l'heure de rentrer au bercail. À quinze ans, sans scooter ni permis de conduire, le terrain de football est l'endroit idéal pour échapper à la solitude. Pas une semaine sans que vous ne passiez par les terrains ; de la même manière qu'on achète sa baguette à la boulangerie chaque matin, on fait un détour par le stade le mercredi, le week-end. Généralement, on promet de s'arrêter « cinq minutes pas plus » pour discuter. Deux heures après, on est encore là. Comme si les vies de huit cents personnes se tenaient sagement emmêlées dans la main d'un géant d'herbe et de béton, aux couleurs des maillots de l'équipe locale.

4

L'école – le collège – le lycée
« Se lever plus tôt que ses parents et rentrer bien plus tard »

L'école. Bien sûr, le premier lieu d'éducation. Je le cite en second : durant le week-end, les vacances, l'école est fermée, aucun bruit ne circule dans les couloirs, les herbes hautes dévorent la cour, les jeux des enfants sont rangés dans un local aux serrures cadenassées. Alors que le cœur du stade municipal bat en permanence.

Les bâtiments des écoles primaire et maternelle sont voisins, les cours de récréation sont néanmoins séparées par un grillage sur lequel rebondissent les ballons en mousse ou en plastique. Dès la grande section, les garçons forment des équipes. Un miniterrain de football forme une excroissance goudronnée à l'intérieur de la cour de récréation de l'école primaire. Comme le village est proche des sentiers qui mènent en pleine nature, les instituteurs conduisent souvent les petits en promenade, et les plus âgés en course d'orientation. Pendant les cours de sport, nous jouions au ballon prisonnier, dehors si le temps le permettait.

Dans certaines communes, plus en hauteur, dans les montagnes ou sur les plateaux, existent encore les classes uniques : ce fonctionnement permet aux petits et aux grands de composer rapidement avec d'autres enfants d'âges éloignés ou les y oblige. Les jeux de protection, de querelle, de respect se mettent rapidement en place. Chez nous, certains cours accueillaient des élèves de niveaux voisins, CE1/CE2, puis CM1/CM2.

L'école : on se donne rendez-vous devant. C'est un lieu d'apprentissage pour les élèves, mais aussi un point de rencontre pour leurs parents, qui se connaissent, se reconnaissent. L'énergie imprègne autant l'intérieur des murs des bâtiments que l'extérieur. Moins de la moitié des enfants mangent à la cantine. Le matin, une « garderie » est ouverte, dès sept heures, pour que les parents qui travaillent loin puissent déposer leurs petits. La classe commence à huit heures et demie : entre vingt et trente élèves. Comme beaucoup d'autres, je ne fréquentais pas l'établissement de mon village, car les classes étaient pleines. J'allais au village « du milieu ».

Dans la cour, c'est autour des jeux que se font et se défont les amitiés qui dureront jusqu'au collège, parfois jusqu'au lycée pour ceux qui ne quitteront pas leur secteur d'admission. Les jeux : la corde à sauter, l'élastique, les Pogs, les billes, les cerceaux. Et bien sûr le football. Un rectangle de gravier légèrement rosé accueille les deux équipes formées par les élèves des classes supérieures, assez indulgents pour admettre les meilleures recrues des « petites classes » de CE1 et CE2. Équipes masculines. Uniquement. Ceux qui jouent lors des pauses sont aussi inscrits au club du village. Ils constituent une sorte de caste, des garçons déjà sportifs, fins, un peu crâneurs ; ils représentent tout ce qui manque à ces lieux qui semblent souvent désertés quand on les traverse en voiture le dimanche : la jeunesse, sa fougue, son énergie, toute l'insolence salvatrice qu'elle fournit.

Comme la plupart des élèves se retrouvent dans les mêmes établissements jusqu'au lycée, la moindre anecdote dans un coin de la cour en classe élémentaire vous suit jusqu'à vos dix-huit ans. Le premier endroit, le premier moment où vous comprenez très vite que vous n'échappez pas aux regards des autres. À mesure que le temps passe, les détails de la vie des uns deviennent des caractéristiques que leurs camarades retiennent, comme des moyens de les définir, de les magnifier, de les dénigrer. Ils existent en fonction de leurs « faits d'armes », qu'ils ont eux-mêmes oubliés alors que les autres se souviennent de chaque détail.

Les instituteurs et institutrices occupent une place particulière. Des générations entières ont appris, grandi, chahuté sous leurs yeux. Figures imposées et imposantes de la vie du village. Lorsque, adolescent, vous croisez dans la rue votre ancien instituteur, vous redevenez l'enfant sage – ou non – de la classe qu'il ou elle encadrait. Une fois terminée l'école primaire, l'instituteur, comme le maire, le curé, ou le garde champêtre, acquiert ce statut d'« incontournable » du village.

À onze heures et demie, le parking fait office de bistro, sans boisson ni tabouret. Les mères, les grands-parents, les nourrices viennent chercher les enfants qui ne mangent pas à la cantine. Les choses ont certainement changé, mais il y a un peu plus de dix ans, il n'y avait que des femmes devant l'école. Les hommes au stade de foot, leurs épouses devant la grille. Les choses changent : des équipes féminines se forment, et les hommes viennent chercher les enfants à l'école.

J'ai eu la chance de passer mon enfance, de trois à onze ans, chez une nourrice qui vivait à un kilomètre de la maison. Je mangeais là-bas tous les jours, comme mes frères avant moi, en compagnie de trois autres enfants qu'elle gardait, et qui n'étaient pas scolarisés au même endroit. Elle venait nous chercher, nous préparait à manger, nous ramenait pour deux heures en classe, et le soir, rebelote, nous restions chez elle jusqu'à six heures et demie. Le mercredi après-midi, avant de rejoindre l'équipe de basket/tennis, je déjeunais chez elle. Dans ce village de huit cents habitants, il y avait au moins cinq maisons qui accueillaient les enfants la semaine. Autant de nounous qui furent, à en croire les tremblements émus dans la voix de leurs anciens bambins, une bénédiction pour ceux qui ont grandi avec elles.

Par la suite, les enfants quittent les nourrices, les grands-parents, pour se rendre au collège, souvent celui que les fonctionnaires du rectorat nomment « collège de campagne » : de grands et gris bâtiments forment un U peu esthétique, et accueillent tous les gamins d'une vingtaine de communes alentour.

Devant l'établissement, un parking est réservé aux cars qui arrivent à sept heures quarante, et déversent leurs flots d'adolescents âgés de douze à seize ans. En moyenne, deux arrêts dans chaque village. Outre sa fonction première, l'arrêt de car, dans la plupart des mémoires, autant celles des parents que celles de leurs enfants, reste un lieu privilégié de rencontre : deux fois par jour, cinq fois par semaine, six pour les malchanceux qui bossent le samedi matin, les jeunes s'y retrouvent pour monter dans le car (et non le bus). Certaines amitiés se lient dans les quelques minutes d'attente contre les plaques de vitres, ou simplement devant le panneau de plastique vert imprimé sur lesquels devraient se trouver les horaires de passage. Pendant les vacances, pas de car. Le week-end non plus.

Pendant une heure et demie, le chauffeur ratisse les villages, jusqu'à ce que le car soit plein. La place occupée dans les rangées de sièges bleus à rayures turquoise et blanches est un indicateur cruel : ceux du fond sont les seigneurs (on retrouve régulièrement les joueurs de foot), ceux du devant, les plus jeunes et les plus timides. Chacun se place sur cette échelle selon l'idée qu'il ou elle a de sa popularité auprès des autres. Le chauffeur commence sa tournée dans les zones en hauteur, où les adolescents doivent toujours courir après le car. Ils quittent la maison alors que le jour ne s'est pas encore levé, et rentrent chez eux quand il vient juste de se coucher. Debout à six heures – parfois plus tôt – pour les moins chanceux, rentrés à dix-neuf heures. Toute l'année. Quand on habite une commune de moins de mille habitants, on passe son adolescence à chercher des heures de sommeil là où il n'y en pas. La vie quotidienne commence tôt, très tôt, et se termine tard. Les plus proches sont chez eux, devant les devoirs, le goûter, la console vidéo à cinq heures et demie. Pour les autres, six ou sept heures. La plupart du temps, quand on rentre du collège, puis du lycée, les parents ont terminé leur journée avant nous, parfois même beaucoup plus tôt. Ceux qui vivent dans les habitations voisines du collège de secteur ne connaissent pas leur chance. Aujourd'hui, à vingt-trois ans, débarrassée des horaires impérieux, j'ai l'impression que je ne pourrais jamais plus me lever aussi tôt, rentrer chez moi aussi tard, et ce sur une durée aussi étendue.

Le collège est l'endroit où l'on rencontre ceux qui vivent dans des villages, ont des quotidiens, grandissent à l'ombre de hauts arbres et de préaux de bois, qui ressemblent aux nôtres mais ne sont pas les nôtres. On met des visages sur les noms des villages voisins, on se rend compte qu'on les a traversés lors des départs en vacances ou des week-ends familiaux interminables. Mais on ne s'est jamais arrêté à la terrasse du café, du bar, on n'a jamais fait le marché sur leur place principale, jamais joué sur leurs terrains, arpenté leurs rues piétonnes. Je connaissais des villages voisins seulement les arrêts de car où les enfants de mon âge attendaient, les mains enfoncées dans les poches, la trace de l'oreiller creusant ostensiblement un long sillon sur la joue droite.

Lors des premiers appels de classe, les élèves se regroupent instinctivement par commune de naissance ; ils se connaissent, ne se lâchent pas. Avec le temps, on apprend à aimer ceux qui vivent à quelques kilomètres, on découvre qu'ils nous ressemblent tellement que le jour où, enfin, on est invité un mercredi ou un samedi après-midi à passer un moment dans cet autre village, on traverse les rues, la place, on contourne le stade, parfois on s'y retrouve, et les regards portés sur soi sont les mêmes que ceux que l'on porte, nous, quand un étranger pénètre l'enclave du terrain de football juste en bas de notre maison. Chez moi, je suis en terre conquise ; deux kilomètres plus loin, c'est un espace qui ne m'appartient plus. Le collège et les liens qui s'y tissent apprennent à de petits seigneurs qu'il existe quantité d'autres minuscules empires, avec leurs figures populaires, leurs légendes, leurs beautés impériales, leurs silences imposés.

Tout le monde vous connaît, et vous ne connaissez personne. Étudier dans un collège de campagne, c'est comme vivre dans une commune qui ressemble à la vôtre, mais plus dangereuse, emplie des violences, des joies, des colères et des espoirs adolescents. Parfois, ceux que l'on déteste – et réciproquement – dans l'enceinte de l'établissement reviennent pourrir votre week-end lors des bals communaux qui poussent comme des champignons sur les places des villages, ou lors des fêtes foraines – un bien grand mot pour définir les deux plateformes d'autos tamponneuses installées sous les arbres – qui abritent, pendant quelques heures, les fiertés des uns contre les rancœurs des autres. Quelquefois, bien des années après la fin du collège, les querelles intestines rejaillissent, amplifiées, lors de ces événements festifs incontournables et peuvent se transformer, passé une certaine heure et un certain taux d'alcoolémie (les deux ne vont pas forcément de pair, la buvette du village étant l'attraction la plus convoitée de la fête), en champ de bataille où les plus hargneux règlent leurs comptes « à la main et sans gant de velours ». À l'âge de seize ans, on voit les bals de printemps et d'été finir en baston générale après l'heure fatidique : minuit. Le manège aux guirlandes adorables et musiciens souriants prend des airs de ring improvisé. Cendrillon oubliée dans les plis de la France.

Au collège, le mélange des élèves, c'est la rencontre, le choc des références culturelles. On apprend surtout à détester ou aimer lire, à découvrir d'autres textes, d'autres genres, d'autres styles de musique, de films, de séries. Jusqu'à l'entrée en sixième, le seul endroit susceptible de nous procurer de quoi muscler notre intellect est le salon familial. Dans les villages, il n'y a ni librairie, ni salle de cinéma, ni vendeur de journaux, de magazines, de bandes dessinées. Le bar du village vend le papier local, mais aucun d'entre nous ne met le nez dedans, à moins qu'un membre de la famille ou de l'entourage ne figure en tête d'un article consacré aux personnalités qui comptent. Nos références culturelles se résument à la bibliothèque, s'ils en ont une, de nos parents, aux films qu'ils enregistrent sur des cassettes VHS, aux CD qu'ils déposent religieusement sur la chaîne dans le salon. On écoute ce que nos parents écoutent, on voit les films qu'ils nous permettent de voir, on apprécie les livres qu'ils nous lisent ou nous poussent à lire. Chez certains, les étagères sont vides, chez d'autres, elles croulent sous le poids des ouvrages.

J'ai arrêté d'écouter les disques de mes géniteurs lorsque je me suis mise à tendre l'oreille dans le car. Les haut-parleurs diffusaient la même station radio soir et matin. Un repère médiatique cardinal. Une voix rythmait nos journées, nous abreuvait des derniers titres du hit-parade, apportait ces nouveautés programmées pour assouvir telle ou telle demande, nous régalait de plaisanteries souvent grossières qu'on échangeait ensuite dans la cour du collège. Des émissions réservées aux adolescents abordaient les problèmes de sexualité, d'amour, de colère, les querelles familiales : garçons et filles expliquaient en direct, jusque tard dans la soirée, les problèmes qui ravageaient leur quotidien, et nous, les auditeurs, avions l'oreille rivée aux moindres tremblements dans les voix lointaines et déformées par les micros du studio. À douze ans, mes parents m'ont offert un radio-réveil. Le soir, je passais des heures à écouter les émissions nocturnes, consacrées aux résolutions des pannes sexuelles des uns et des autres. Toute la journée, du matin au soir, les voix des chroniqueurs nous accompagnaient, proposaient des morceaux que nous étions obligés d'apprécier, des critiques de films qu'on allait voir le week-end, en nous organisant de façon à ce que nos parents nous laissent passer l'après-midi dans la zone commerciale de « la grande ville », à une trentaine de kilomètres.

Le collège apprend qu'il existe d'autres minuscules îlots à trente kilomètres à la ronde. Le lycée lève le voile sur la ville, la vraie. Ou, du moins, quelque chose qui y ressemble, avec les magasins à quelques centaines de mètres de la grille, les fast-foods, les cafés. Là où il y a un lycée, il y a du monde, une agglomération, des carrefours, des voitures, des aires de passages réguliers, des hypermarchés, des parkings beaucoup plus grands, des élèves qui n'ont plus que deux ou trois ans à tenir avant d'être adultes. L'entrée au lycée signifie quitter, au moins psychologiquement, le cocon, douillet ou pas, des zones campagnardes arpentées pendant plus de dix ans.

La majeure partie des élèves d'un collège se retrouvent inscrits dans le même lycée. Le trajet en car s'étire en longueur, il faut se lever plus tôt, rentrer plus tard. Mais l'établissement d'enseignement secondaire accueille des centaines d'autres étudiants, propose des activités multiples : sportives, audiovisuelles, musicales, théâtrales, techniques, un éventail de loisirs s'ouvre aux nouveaux venus. Pour certains, l'entrée en seconde est une révélation, pour d'autres une libération. La preuve réelle, quotidienne, qu'on peut sortir de ce monde au sein duquel on a évolué, grandi, pleuré, joué et aimé, mais qu'on ne sent plus assez solide pour retenir les envies de voyage, de découverte, de fête.

L'entrée au lycée coïncide avec le moment où les adolescents s'inscrivent à l'auto-école dès que possible pour passer le code, puis le permis de conduire. Certains, les plus chanceux, ont eu auparavant un scooter, à quatorze ou quinze ans. Ce véhicule faisait d'eux les taxis occasionnels de leurs amis pour aller d'une maison à une autre, leur permettant, trois ou quatre ans plus tôt que leurs camarades, de sortir rapidement de la commune pour faire le tour du monde à quarante-cinq kilomètres à l'heure, sur des routes de campagne désertées entre neuf heures du matin et dix-huit heures le soir. Celui qui se déplace en scooter est à la fois idéalisé, jalousé, repéré. D'un coup d'un seul, soit on décide qu'il n'appartient plus au noyau dur du village – car, devenu capable d'en sortir, pourquoi voudrait-il y rester ? –, soit on le considère comme le « roi du parking », comme me dit un ami dont le frère passait la majeure partie de son temps sur son deux-roues à faire le « tour des potes » le mercredi après-midi. Le scooter donne la possibilité de fuir, même s'il s'agit de déplacer sa cage à quelques dizaines de kilomètres de son point d'ancrage.

Ma meilleure amie habitait à cinq kilomètres de la maison de mes parents. Je montais chez elle à vélo, ou à pied. Mais la première fois qu'elle est venue me chercher en scooter pour aller voir, à une quinzaine de kilomètres, une fille du collège que nous appréciions, ce fut comme si ma notion du temps, de la distance, de mon statut, cette image de moi-même que je voulais donner pour recevoir un respect qu'on met des années à gagner sans comprendre qu'il n'existe pas, changeaient en quelques minutes. Nous pouvions bouger, nous déplacer, frimer aussi, nous échapper et prendre le pouvoir en étendant nos connaissances géographiques, en traversant des bleds que d'autres ne connaissaient que de nom, privilèges jusqu'ici réservés à nos parents, qui décidaient seuls des limites routières que nous pouvions ou non franchir.

La plupart des adolescents qui n'ont pas la chance d'avoir reçu un scooter à quatorze ans apprennent quand même les bases de la conduite automobile bien avant de s'inscrire à l'auto-école. Dès quinze ou seize ans, la plupart des garçons savent déjà conduire et prennent la route sans crainte. À la campagne, on ne devient pas adulte – si tant est qu'on le devienne vraiment un jour – le matin de son dix-huitième anniversaire, mais lorsqu'on reçoit la feuille de papier rose qui donne officiellement le droit d'aller faire ses courses, et surtout la course, au volant d'une voiture, véhicule d'abord prêté par les parents, la famille, puis acheté d'occasion. Sans permis, on ne peut ni chercher du travail, ni en trouver. D'ailleurs, ceux qui aujourd'hui, à vingt-deux ou vingt-trois ans, ne conduisent pas sont ceux, peu nombreux, qui ont quitté leur foyer tôt pour partir vivre en ville, cet espace tout aussi étrange, aux limites tout aussi floues qui, pendant quinze ans, n'a jamais existé ailleurs que dans l'imaginaire, les conversations des adultes et les films, séries et téléfilms que diffusait la télévision. La ville, même ridiculement étroite, moyenne, sans folie ni panache, n'impose pas à ses habitants de savoir passer la première sans caler pour survivre.

Le permis de conduire. Ce qui paraissait immense, impossible à franchir en dehors des sorties et voyages familiaux, devient alors un espace de jeux, un espace d'enjeux. De découvertes. Le village rétrécit, le département, la région aussi. On peut faire en un quart d'heure ce qui nécessitait une heure auparavant. Pourtant, une fois que sortir du village par ses propres moyens devient possible, on continue d'aller au village le plus proche, de squatter les mêmes endroits : le stade, la place, la salle polyvalente, le parc. Le simple fait d'avoir franchi les limites du chez-soi change la perception de l'espace, des frontières. On ne se comporte pas de la même manière, puisqu'il n'y a personne de chez nous pour nous voir, pour juger notre façon de rire, de cracher, de se tenir le dos cambré contre la barrière du stade ou les planches d'un banc. Il n'y a personne qui racontera : « Lors d'un apéro, je l'ai vu(e) avec ses amis et c'était pas la dernière à piailler comme une dinde devant la mairie. »

Entre quinze et vingt-trois ans, six personnes de mon réseau d'amis, fréquentant le collège et le lycée, sont décédées, toutes à la suite d'accidents graves. Des garçons, entre seize et vingt-deux ans. Le premier a percuté un pylône en scooter, les quatre suivants un camion lors d'une virée nocturne, et le dernier a pris le mauvais virage au mauvais moment en allant rejoindre des amis. Lorsque j'interroge les parents de mes anciens camarades, ils formulent la même réponse angoissée. Prendre le volant ouvre la possibilité d'un aller simple et direct pour le cimetière.

Dans les zones d'habitation éloignées des grandes villes, la première cause de décès chez les jeunes, ce sont les accidents de la route. Même chez ceux qui n'ont pas encore l'âge de conduire. La violence se déploie quand les chiffres de la mortalité chez les quinze/vingt-cinq ans apparaissent une fois par an sur l'écran du salon. Chacun a perdu un proche, un voisin, un visage connu, aimé ou non, dans un accident de voiture, à la sortie d'une boîte de nuit, ou tout simplement lors d'un trajet habituel entre deux apéros. Nul n'est roi en son domaine. La plupart de ceux qui ont trouvé la mort l'ont rencontrée sur un goudron qu'ils empruntaient chaque jour, chaque semaine, dont ils connaissaient les virages, les nids-de-poule, l'épaisseur du verglas l'hiver, la chaleur du revêtement fondu l'été. Si les parents ne s'inquiètent pas quand il s'agit de laisser leurs bambins se promener dans les rues, les choses changent radicalement quand les enfants obtiennent le permis, ou montent à l'arrière d'une moto. Alors les parents ont peur qu'ils ne reviennent pas. Les lignes blanches n'offrent aucun moyen de fuir en cas de mauvaise rencontre, de mauvaise conduite. Les routes ne pardonnent pas.

Il n'y a en revanche aucune crainte des agressions, des kidnappings, des cambriolages, tout ce genre de choses. Je n'ai jamais été victime d'abus, de tensions, ou de violences physiques. Je n'ai jamais fermé la porte à clé, sauf quand mes parents l'exigeaient. Je n'ai jamais vécu dans la peur de me faire casser la figure en rentrant. Si je passais la soirée chez un(e) ami(e) du coin, la plupart du temps, je restais dormir sur place. Et puis, personne ne traîne dehors. Aujourd'hui, les éclairages publics sont éteints de minuit et demi à cinq heures du matin. Pendant quelques heures, les maisons, les rues, l'école, le stade sont plongés dans le noir. Le village n'existe plus, rayé de la carte, on ne peut s'y aventurer sans lampe torche. Les réverbères ressemblent à de longs crayons plantés au bord des voies publiques, mais leurs mines ne dessinent plus de points de repère. Soit les gens rentrent tôt chez eux, soit ils se retrouvent les uns chez les autres et y passent la nuit. Il n'y a jamais eu le moindre risque, même les soirs de fête communale. Il faut chercher pour trouver. Les problèmes ne viennent pas en touriste. La violence ne vient pas de là.

5

L'église
« Dieu a fait la campagne, et l'homme la ville »

Le village est construit autour de ce monument de style roman qui attire les touristes quelle que soit la période de l'année. Quand on me demande d'où je viens, je dis le nom de ma commune et d'un coup d'un seul, mon interlocuteur embraie sur la beauté du site religieux, la finesse de la pierre, l'art architectural à son apogée. L'histoire de ces voûtes, de ces brisures, de ces statues. J'ai quelquefois le sentiment gênant qu'autochtones et visiteurs occasionnels réduisent la beauté du paysage aux façades travaillées de l'église, qui fut et restera la fierté de ses villageois, l'endroit qu'il faut avoir vu, pris en photo, visité au moins une fois dans sa vie, comme l'assènent ceux qui n'y ont jamais mis les pieds.

Un lieu touristique, que les guides de voyage mentionnent. « Site à visiter absolument. » Dieu et ses maisons ont toujours la cote. Une fois sur la place de l'Église, qui surplombe le reste du village, on s'aperçoit que des gens vivent à l'ombre de ces colonnes, de ces inscriptions latines. Adolescents, nous nous donnions rendez-vous devant la porte secondaire, en bois brut, fermée par de lourds étaux de fer. Le week-end, nous passions des heures dans le parc adjacent, un ancien cimetière reconverti en lieu de promenade. À l'entrée, au-dessus de la grille, une rosace de pierres claires gravées annonce : « Nous avons été ce que vous êtes, et vous serez ce que nous sommes, pensez-y. » On marchait sur des morts, on piétinait la pelouse en regardant le paysage aux vingt nuances de vert, de bleu, de rouge, quand tombait tardivement la nuit l'été, on grimpait aux branches des arbres centenaires.

Notre œil se promenait sur les groupes de touristes, d'une élégance passable, qui venaient prendre des photos, visiter l'église, parcourir les rues de ce village où nous étions nés, où nous grandissions. Ils cherchaient dans les gravures, l'architecture, la couleur des vieilles pierres des réponses aux dilemmes historiques qui les travaillaient, alors qu'il suffit d'y vivre pour oublier que ces murs ont des secrets, ces rues des oreilles, ces bâtiments une histoire. Mais on n'oublie jamais l'église.

D'abord parce que c'est un lieu social. Le dimanche matin, la messe attire du monde, peu d'adolescents s'y tiennent, mais quelques-uns tout de même. Et l'après-messe continue sur la place à l'ombre des arbres, où chacun donne et prend des nouvelles d'un autre. La vie des jeunes se construit dans l'imagination des plus âgés, qui échangent autour des premiers pas de l'un, des résultats scolaires de l'autre, des victoires ou défaites des parents. Ici, l'adolescence commence quand on comprend qu'on ne peut échapper à l'imagination des autres, surtout des aînés, à qui l'on doit le respect ; même si nous ne connaissons rien d'eux, ils connaissent tout de nous. Le dimanche matin, quand on sort voir quelqu'un en passant par la place de l'Église, on s'expose aux regards de ceux qui sont l'âme du village, et donc un peu la nôtre.

On dit bonjour à des visages qu'on a vus cent fois sans se rappeler leur prénom, on sourit poliment, on traverse l'allée de gravier avant de s'engouffrer dans une rue adjacente qui nous couvre de son ombre, de sa fraîcheur, de son anonymat. D'ailleurs, ce à quoi on aspire le plus quand on grandit, passés les derniers soubresauts de l'enfance, c'est échapper aux conversations des aînés, ne plus exister dans la vie de ceux qui s'imaginent la nôtre sans jamais la partager. L'anonymat ne signifie rien : un mot, un principe qui n'a pas de sens, et de ce fait, qui apparaît comme un graal pendant l'adolescence. Une conquête perdue d'avance. Moins d'une centaine de jeunes par commune. Même un amnésique se rappellerait les prénoms, les visages, les histoires de famille de chacun d'entre eux. Pour certains, c'est une force, pour d'autres, c'est une croix à porter, jusqu'au jour du grand départ, si grand départ il y a.

L'église, c'est aussi le premier endroit où les petits en rencontrent d'autres, en dehors des classes d'école. L'éducation religieuse ne connaît pas la crise. Les gosses sont baptisés, catéchisés, entrés en communion dans la fraîcheur de ces murs ancestraux, sous les hautes voûtes qui leur promettent sagesse et protection éternelle. Le catéchisme tisse des liens entre les enfants d'un même village ; ils font partie très tôt d'un groupe, d'un ensemble de personnes soudées, regroupées autour de l'église ; ils y vont plusieurs fois par semaine, s'embrassent lors des communions, portent les cierges. Bon nombre de mes camarades d'enfance ont reçu une éducation religieuse. Pour certains, suivre les cours bibliques dispensés deux fois par semaine revenait à pratiquer une activité extrascolaire, comme le basket ou les échecs.

La communion. Une fête célébrée avec ferveur, bienveillance, et embrassades sonores. L'aboutissement des préceptes religieux rassemble les familles, l'enfant croule sous les cadeaux, les conseils, les baisers. Un moment important, autant pour le principal intéressé que pour ceux qui y assistent : les communions, comme les baptêmes, les mariages et les enterrements, sont comme un coup de fouet dans les blancs d'œufs endormis de la commune. La vie monte en neige, les gens se parlent, se rencontrent, rient, pleurent. Et surtout, les cloches de l'église sonnent.

Quand les cloches retentissent, il se passe quelque chose d'important. C'est pire que la sirène des pompiers. Il ne s'agit pas d'un incendie, d'une inondation, d'un accident : quelqu'un a disparu, un nouveau-né vient grossir les rangs maigres du village, deux amants se marient et vont à leur tour enfler les chiffres nationaux. Et ce sont des choses qu'on célèbre, ce sont des choses qui nous forment, qu'on se rappelle une fois que le village est loin, que la vie des autres n'a plus d'importance, puisqu'on ne vit plus sous le même ciel, à l'ombre des mêmes arbres.

Contrairement à la mairie qui, pour les plus jeunes, ne représente qu'une place publique dénuée de charme et un drapeau, l'église, dans l'esprit de tous, a son importance. Ses symboles diffèrent pour chacun selon l'éducation reçue, mais ils font partie des paysages intérieurs et extérieurs, immuables, plantés au milieu des toits comme au centre des vies en cours et à venir. Je n'ai pas été au catéchisme, je connais peu les préceptes de la Bible, les mythes fondateurs et les rituels des messes, mais je connais l'église de mon village natal comme ma propre maison, alors que je n'avais aucune obligation d'y mettre les pieds.

« Dieu a fait la campagne, et l'homme a fait la ville » : un vers tiré du poème « La Tâche » de William Cowper. Mon village est né autour d'une église ; elle le surplombe, réunit ses membres, les écarte aussi parfois. L'église rassure, angoisse, oblige à reconnaître sa puissance. Mais l'église c'est surtout ce lieu où, même si on ne croit pas en Dieu, si on n'y comprend rien, si on n'y ressent rien, on préfère tout de même s'y montrer sous son meilleur profil. On s'habille mieux pour aller à l'église que pour aller au collège. Le solennel religieux infiltre l'allure, les mots, le comportement de celui qui approche ses arcs brisés, ses colonnes et ses voûtes. Le silence, l'élégance, la soumission. L'église représente tout ce que l'adolescence rejette en masse quand elle veut se déployer dans ces rues trop étroites, ces maisons trop basses et ces espaces désertés.

6

Les commerces
« Honte de partir sans avoir acheté »

Une boulangerie, une épicerie. Et un bar-tabac.

Dans les petits patelins, les bleds, les coins, les cambrousses, les trous, il y a un bar-tabac, ouvert six jours, voire sept, par semaine, de sept heures du matin jusqu'à tard le soir quand il fait beau. Les horaires fluctuent en fonction des clients. Pour les enfants, le bar-tabac symbolise l'âge adulte, le privilège des grands. Beaucoup d'adolescents ont tenté de berner les tenanciers pour acheter des cigarettes, en disant : « C'est pour ma mère », mais comme tout le monde se connaît, il suffit d'un regard noir du commerçant assorti d'un : « Je dirai à ta mère que tu es passé chercher ses cigarettes, mais il me semble qu'elle ne fume pas. » Le bar-tabac, on n'y met pas les pieds avant dix-huit ans, ou alors accompagné d'un parent, d'un ami des parents, d'un proche, quelqu'un de la famille qui vous surveille.

J'ai passé un certain nombre d'heures dans un bar quand j'étais petite ; avec mes frères, nous jouions au baby-foot tout l'après-midi, et s'ils avaient le droit de boire des bières, je sirotais des grenadines à l'eau. Parfois, un flipper, des bornes d'arcade attiraient les adolescents. C'est terminé. Le baby-foot est encore là, mais la plupart des commerçants l'ont déplacé dans une salle voisine, ainsi les plus jeunes n'interviennent plus dans les conversations, les apéros et les bagarres. Le baby-foot, objet social et masculin. Je n'ai aucun souvenir d'y avoir joué avec d'autres personnes que des garçons ou des hommes de ma famille. Les filles ne jouaient pas au baby-foot.

Adulte, qui que vous soyez, il y aura toujours une table en terrasse pour vous asseoir, quelqu'un pour vous parler, vous demander des nouvelles de gens que vous ne connaissez pas mais qui vous connaissent très bien. Évidemment, le bar-tabac fait PMU. Quand on entre dans l'espace sombre mais propre, sol de carreaux blancs et noirs, au comptoir de bois foncé derrière lequel s'alignent les paquets de cigarettes imprimés d'encarts mortifères, quand on approche ces longs tabourets couverts de skaï, on parle équipes de foot locales, classements hippiques, élections municipales. Chacun parie, discute, abonde en fonction de ses propres pronostics et fait vivre le café. Passé dix-huit ans, on participe à ces conversations, même si on n'y connaît rien en foot, en chevaux, en politique. Ça n'a pas d'importance ; ce qui compte, c'est d'être là, dans cet endroit, avec ces gens.

La boulangerie : les samedi et dimanche matins, à partir de onze heures, il n'y a plus de pain. Pour les croissants et les pains au chocolat, c'est dix heures, grand maximum. Tout le village achète sa baguette, son pain, sa brioche, au même endroit. Si le boulanger part en vacances, il y a un dépôt de pain à l'épicerie. Ou alors, il faut accepter de se rendre deux kilomètres plus loin, parfois au-delà.

La boulangerie, c'est le premier endroit où les parents nous envoient, seuls, acheter la baguette du samedi matin. Le jour où l'enfant peut traverser la rue, tendre un billet, recevoir la monnaie, le pain enveloppé dans du papier fin aux initiales de l'enseigne, il fait ses premiers pas vers l'autonomie. L'épopée solitaire à trois cents mètres de la maison signifie qu'on vous a lâché la bride, comme un poulain à qui on enlève, après des dizaines d'heures de voltige, la corde qui le relie à son cavalier. Aller chercher le pain seul. Première mission, première fierté des petits. La découverte de l'argent, les tentatives pour *gratter* la monnaie. Comme il n'y a aucun transport en commun, c'est de cette manière que les parents commencent à tester les capacités de leurs gosses à se débrouiller seuls.

Un ami me raconte : « Il y a dix ans, un vendredi en fin d'après-midi, je rentre dans la boulangerie pour acheter trois baguettes et deux pains à congeler. Cinq ou six personnes attendent déjà devant moi. Derrière sa caisse, la femme du boulanger m'adresse gentiment un signe de bienvenue. Une amie de mes parents, la cousine de nos voisins, la femme de celui qui nourrit tout le village. Je ne veux pas attendre. À chaque passage, elle discute avec les clients, demande des nouvelles de la famille, des beaux-parents, fait référence à des blagues qu'ils se sont racontées cent fois et dont je ne saisis pas tout à fait le sens. Ils discutent, rient, bavardent gaiement et ça ne gêne pas les autres clients qui attendent, patiemment, parce qu'ils savent que leur tour viendra, qu'enfin on leur demandera, entre deux croissants, si le petit dernier fait ses nuits, si la peinture de la nouvelle façade rend bien, si les chiens n'aboient pas trop fort le dimanche matin. Conversations ritualisées ; on vient plus pour parler que pour acheter à manger. Je suis derrière, coincé entre la vitre et un présentoir prêt à s'écrouler sous le poids des paquets de chewing-gum, et j'en ai marre d'attendre, alors je pense à sortir et revenir plus tard, ou même demain à la première heure. Et pourtant. J'évite de souffler. Je ne trépigne pas. J'attends. J'entends. J'écoute. Mais je ne sors pas. Je ne quitte pas la boulangerie sans avoir acheté mon pain, répondu au sourire adorable de "la dame". Si je m'en vais maintenant, je deviens celui qui n'a pas voulu attendre, l'impatient, le gamin d'untel mal élevé qui n'a pas dit bonjour, qui n'a pas attendu son tour. Je me couvre de honte pour les mois, voire les années, à venir. Si je sors sans avoir acheté quoi que ce soit simplement parce que je ne veux pas patienter dix minutes, aux yeux de ceux qui sont présents, et par la suite, de tous ceux à qui l'anecdote sera racontée lors d'un dîner de famille, d'un apéro en terrasse, je deviens l'enfant hautain, impoli, sûr de lui-même. Je deviens celui qui n'a pas voulu se plier à la franche/fausse camaraderie d'un vendredi après-midi au comptoir de la boulangerie. Et, bien évidemment, mes parents auront vent de mon impertinence, et diront : "De quoi est-ce que nous avons l'air ? On passe pour des mauvaises personnes qui ne savent pas éduquer leur fils." Simplement parce qu'il y avait la queue à la boulangerie.

Je ne suis pas sorti. J'ai attendu. "Oui, madame, tout va bien. Oui, il fait beau. Oui, le car passe tôt le matin, mais je m'y suis habitué. Oui, je dirai bonjour à mes parents de votre part. Bonne journée. Au revoir." »

La campagne est une somme d'exigences familières, quotidiennes. Même si ça se passe mal à la maison, quand l'adolescence ressemble à ce virage trop serré au creux duquel la plupart des voitures valdinguent dans le décor, ce moment terrible où il faut choisir entre vivre sa vie ou celles des autres. Pourtant, même si on se fâche, si on s'engueule avec ses parents, ses proches, si on en a quelquefois marre de ce trou paumé où il est impossible de fumer une cigarette tranquillement, d'embrasser un garçon, une fille sans que la moitié du village soit au courant le lendemain, malgré tout ce qui nous est imposé, ce qui nous est promis aussi, au moment où on se déteste le plus, on ne sort pas de la boulangerie sans avoir rien acheté.

On fait la queue, comme tout le monde.

Une boulangerie qui ferme et le village meurt, comme un malade devient cadavre après avoir rendu son dernier soupir. Il n'y a plus rien à en tirer, à part des résidences secondaires que les propriétaires ouvrent deux semaines en été sans savoir comment entretenir la chaudière et couper la haie qui dévore le chemin communal. Quand il n'y a plus de café ni de boulangerie, ça veut dire que l'endroit où vous êtes né, où vous avez grandi, joué, crié, pleuré, ri, est devenu le dortoir de gens qui rachètent les demeures de maître, les maisons de bourgs et les chalets pour en profiter l'été, quand il fait trop chaud pour que les rues soient animées.

7

La salle polyvalente « Autant de fleurs dans la crinière du cheval que dans les cheveux de sa cavalière »

Certains événements annuels rassemblent, comme les matchs de football ou les bals de fêtes votives, les jeunes et moins jeunes le temps d'une soirée, d'un après-midi. Des moments attendus, où tout est permis : crier, courir, hurler, veiller tard, ça ne pose problème à personne. Toutes ces réunions ont lieu au même endroit : la salle polyvalente, plus communément appelée « salle des fêtes ». Elle porte bien son nom.

Construite à la sortie du village, à côté d'un parking de cinquante places au minimum. Pour les étrangers qui traversent la grande rue en voiture, la salle des fêtes ressemble à un lourd Lego gris/blanc, construit en bois ou en béton, posé au beau milieu de nulle part. L'isolement, c'est le but : quand il n'y a pas de voisin, il n'y a pas de plainte pour tapage nocturne. Dans les bleds minuscules, la salle des fêtes se trouve parfois dans le centre, à côté de la mairie ou de l'école primaire, de façon à ce que certaines activités des petits puissent y avoir lieu. Si le stade et l'école peuvent être comparés aux deux poumons du village, la salle des fêtes est son foie ;

l'endroit où se sont amoncelées des quantités de nourriture, d'alcool, au milieu des rires, des embrassades et des tourbillons humains que personne n'a oubliés.

Une fois par an, le loto de l'école réunit l'ensemble de la communauté dans la salle polyvalente autour d'étroites tables installées sur toute la longueur de la salle, sous les panneaux de basket relevés au plafond pour l'occasion. Les tables sont recouvertes de papier blanc vite déchiré, affublées de bancs miraculeusement debout le lendemain matin. Au sol, la raquette du terrain est couverte de papier d'aluminium, de gobelets vides, de traces de terre. Élèves et parents participent, avec des grilles en carton vert bouteille que les gosses ont vendues le samedi précédent en faisant du porte-à-porte tout l'après-midi, apprenant ainsi les rudiments de la vente marketing. Celui qui vend le plus de cartes de loto obtient la reconnaissance, ou la jalousie – ce qui est encore plus flatteur –, de ses camarades d'école.

Les familles réunies autour des cartes, des tables et de l'estrade reçoivent des morceaux de cartons blancs, ou des grains, qu'elles positionnent sur le numéro tiré au sort par la main expérimentée de l'arbitre. Quand quelqu'un remplit sa carte, des tonnerres d'applaudissements retentissent. Les lots vont du stylo frappé d'un logo commercial au voyage en Espagne tous frais payés. Le loto dure jusque tard dans la nuit. Au bout d'une demi-heure de jeu, certains mecs fatigués par des années de lotos scolaires se retrouvent à la buvette. Les petits se courent après, les ados vont s'asseoir sur les tas de cartons entassés dans un coin, ou s'éclipsent discrètement par la sortie de secours pour s'enfuir occuper le parking, profiter de la fraîcheur nocturne, échapper le temps d'une soirée aux regards des plus vieux. Dans les vestiaires, après quelques heures, on en retrouve serrés contre le carrelage en train d'affronter le corps offert d'un ou d'une amie. Entractes multiples : la musique résonne, l'alcool coule à flots, la bouffe sent fort, les gens aussi. Tout le monde rit, s'amuse, fait semblant de faire monter le suspense autour des chiffres tirés. Le loto de l'école est un moment que les enfants attendent parce qu'ils savent qu'ils auront le droit de hurler sans que ça dérange personne, les adolescents pour vagabonder dans les rues désertes sans leurs parents aux trousses, et les adultes pour boire un verre, recevoir les félicitations, les éloges, ou l'inverse, des gens qu'ils croisent quotidiennement sans avoir le temps d'aller plus loin dans la conversation. On ne vient pas pour jouer ; on vient pour s'amuser.

La salle des fêtes sert aussi de stade intérieur pour les matchs locaux de basket-ball, de volley ou de badminton. Les entraînements y ont lieu. Le mercredi, après dix-huit heures, ça sent la transpiration, le talc. Les matchs de basket n'accueillent pas le même public que ceux de football ; les deux ayant lieu au même moment, il faut choisir quelle équipe soutenir, à quel endroit. Contrairement au stade, le club abrite une équipe féminine. Il n'y a pas de buvette, seulement des bancs installés de chaque côté du terrain pour retenir les spectateurs peu nombreux. Dans les vestiaires grisâtres d'une propreté douteuse, les équipes se regardent d'un œil mauvais, ou s'ignorent cordialement, à moins qu'une joueuse ne reconnaisse entre les rangs ennemis une camarade de classe. Alors tout s'arrange. Les filles se battent moins que les garçons quand elles sont en colère ; mais les rares fois où l'une ou l'autre se lâche, explose, la puissance des coups et la violence des injures effraient n'importe quel voyou aguerri.

Les matchs de basket, le loto, la fête de l'école, le feu de la Saint-Jean, qui avait lieu évidemment à l'extérieur du bâtiment, les bureaux lors des élections municipales, nationales. Le vote pour désigner la « miss » du village. Ça n'avait pas lieu partout, mais les communes qui organisaient le concours demandaient aux jeunes filles habitant sur place de s'inscrire. Elles défilaient sur une estrade, arboraient des tenues différentes, plus ou moins fournies en tissu, et souriaient à pleines dents au public nombreux, venu des villages voisins admirer les beautés locales. Celle qui remportait le titre convoité – et il l'était plus que tout autre – offrait son plus beau sourire au photographe du journal qui faisait paraître le lendemain deux colonnes encadrant une image trois fois plus grande que l'article lui-même. Être élue miss d'un village donnait des privilèges que n'importe quelle adolescente aurait adoré détenir. Quand le nom de la gagnante ricochait contre les murs de la salle polyvalente, elle sortait des rangs, pleurait, remerciait chaleureusement, puis, au bras d'un homme influent, elle sortait de la salle, suivie de ses ouailles, et, devant la porte, enfourchait le cheval du garde forestier, brossé, lustré, peigné pour l'occasion, qui attendait sa cavalière. La miss nouvellement élue était, la plupart du temps, emmenée dans une petite carriole tirée par l'animal, à travers les rues du village.

Ce genre d'évènement donne d'honnêtes prétextes pour s'enfuir. Pourtant, nous restions près des grands feux de juillet, proches des tables de loto, derrière les estrades, à quelques centaines de mètres seulement de là où se trouvait l'immense majorité de ceux qui, adultes, avaient décidé de construire leur vie, leurs maisons, leurs forteresses ici.

Même avec la plus mauvaise volonté du monde, on participe à la vie du village, aux rires de nos voisins. Les envies de fuite, d'ailleurs, se résument parfois simplement à partir faire un tour à vélo dans les chemins attenants, construire des cabanes au fond des bois, se baigner dans les rivières. La fuite consiste à se retrouver seul ou entre jeunes du même âge, dans les rues, les ornières, les abris qu'offrent les lieux. Ils apportent l'envie d'en partir et l'endroit où aller à la fois. Et surtout, nous avions l'impression de les connaître par cœur ; prophètes en nos pays. Du moins, nous le croyions. La vraie liberté dans ces moments, dans ces endroits-là, c'est d'avoir l'illusion que la terre nous appartient.

Conclusion

« Assis sur un arbre abattu »

Vivre dans la vallée, en montagne, sur les plateaux fermés par des barrières rocheuses, volcaniques, habiter les plaines où les champs s'étendent à perte de vue, des espaces avec, ici et là, quelques étangs protégés par de menues forêts, des plans d'eau où cygnes, canards et grenouilles font la loi, au bord desquelles biches, cerfs et sangliers règnent en silence, où l'homme doit être discret. Paysage familier qu'on ne regarde plus quand l'envie de se cacher, de s'en aller vient frapper aux portes de l'adolescence. Mais s'en aller où ? Partout en France, ce sont les mêmes églises, les mêmes ruelles, les mêmes cachettes. Ça ressemble à chez soi, sans l'essaim de visages connus aux existences inconnues qui bourdonnent en permanence.

Tous ceux qui ont quitté leur village pour aller s'installer à cinq, cinquante, cinq cents ou cinq mille kilomètres m'ont parlé de leurs murs, de leurs champs, de leurs histoires d'enfance à la manière d'un amant qui se souvient d'une maîtresse qu'il a beaucoup aimée sans savoir vraiment pourquoi il l'a quittée.

Aujourd'hui, ceux qui vivent encore là-bas, ici, sur place, se comptent sur les doigts de la main. Les rues ont changé, la végétation, les décorations, les bruits ne sont plus les mêmes. Certaines cachettes n'existent plus, d'autres ont éclos, je ne les connais pas. Des enfants, des adolescents qui ne font pas partie de mes souvenirs, puisque grandir, c'est aussi vieillir, habitent ces lieux, s'y forgent des existences que j'effleure parfois quand je retourne voir la famille. Les transports, les commerces, les communications continuent à manquer, immuablement. Je peux imaginer les rêves de ces jeunes. Ils irriguent les rues de leur énergie, de leur jeunesse, quand nous ne faisons plus que les hanter.

Ici et ailleurs, des couples viennent construire d'agréables maisons, des Anglais, des Belges, des Hollandais rachètent les ruines d'anciennes demeures imposantes qu'ils retapent à grands moyens. Le nombre d'habitants a augmenté ; je suppose que c'est une bonne nouvelle. En bordure des artères principales, au bout des chemins communaux, des maisons aux crépi blanc et fenêtres bleues, ocre et blanc crème poussent comme des champignons rectangulaires, entourées de jardins entretenus, de potagers plus ou moins étendus et de clôtures derrière lesquelles des chiens aboient sans conviction. À l'école primaire, les effectifs gonflent : au journal, ils disent que les citadins quittent la ville pour venir s'installer ici, au grand air, pour élever les enfants. Grandir à la campagne, ou plutôt grandir à la campagne sans connaître la rudesse du quotidien paysan, ce n'est pas « la vie, la vraie », comme on l'entend parfois dire dans les cafés, les livres ou les salles d'attente. « La vie, la vraie » n'existe pas ; la vérité n'est jamais singulière, régulière, la réalité non plus, et c'est pourquoi j'ai écrit ce texte. Je ne peux pas raconter la vie, je peux simplement en décrire quelques-unes, avec les défauts, les partis pris, les omissions et les ornements que l'écriture, la mémoire et les sensations des autres imposent.

L'absence de larges panneaux publicitaires, d'écrans de cinéma, de magasins à portée de main, le manque de transports, d'ouverture sur les autres départements, les autres régions, les autres pays, au moment où internet n'était pas encore présent dans tous les foyers, ont donné à des milliers de jeunes la possibilité d'avoir un lieu à eux, de pouvoir vivre dehors, de pouvoir courir, crier, danser, partir et revenir. D'être autonomes, de se donner les moyens de faire ce qu'ils avaient envie de faire, d'aller où ils avaient envie d'aller. Parce qu'un enclos est parfois le moyen idéal pour donner l'envie de partir, les communes comme celles où je suis née, avec leurs paysages, leurs secrets, leurs fêtes annuelles, nous ont donné, par leur éloignement, leur mauvaise réputation aussi parfois, les moyens d'en sortir, de les regarder de l'extérieur après y avoir vécu, et finalement, de les aimer.

Ici, la nuit, à partir d'une certaine heure, les lumières s'éteignent. Le noir absolu. Vu du ciel, le village n'existe plus. Dans l'esprit de ceux qui n'y vivent pas, ou n'y ont pas vécu, les lumières du village ne sont jamais allumées. Il n'existe pas. Et ses habitants non plus. Dans l'ombre des volcans, dans la caresse des vents secs, dans l'odeur des champs, dans le bruit des rivières, des enfants naissent, et pour eux, ce sont les grandes villes qui n'existent pas.

Table

DU MÊME AUTEUR

Le Voleur de vie
Revoir, 2007

Sauvages
Revoir, 2008

Méfiez-vous des enfants sages
Viviane Hamy, 2010
et « Points », n° P2967

Soleil cogne
(illustrations de Axel Garrigues, Amélie Girard, Chokko Primero & Xavier)
Horripeaux, 2011

Les Rouflaquettes électriques
(illustrations Vedrana Donic)
Zinc, 2011

Le roi n'a pas sommeil
Viviane Hamy, 2012
et « Points » n° P3173

Le Rire du grand blessé
Viviane Hamy, 2013
et « Points », n° P4141

Le Cœur du pélican
Viviane Hamy, 2015
et « Points », n° P4355

Trois Saisons d'orage
Viviane Hamy, 2017
et « Points », n° P4815

Petit Éloge du running
Françoise Bourin, 2018

Les Ronces
Castor Astral, 2018

Une bête au paradis
L'Iconoclaste, 2019

RÉALISATION : NORD COMPO À VILLENEUVE-D'ASCQ
IMPRESSION : CPI FRANCE
DÉPÔT LÉGAL : FÉVRIER 2020. N° 144600 (3037361)
IMPRIMÉ EN FRANCE

Éditions Points

DERNIERS TITRES PARUS

P4688. Le Jeu des hirondelles. Mourir partir revenir *Zeina Abirached*
P4689. Patrice Franceschi et « La Boudeuse ». 15 ans d'aventure autour du monde, *Valérie Labadie*
P4690. Trois Ans sur la dunette. À bord du trois-mâts « La Boudeuse » autour du monde, *Patrice Franceschi*
P4691. Au secours ! Les mots m'ont mangé, *Bernard Pivot*
P4692. Le Nuage d'obsidienne, *Eric McCormack*
P4693. Le Clan des chiqueurs de paille, *Mo Yan*
P4694. Dahlia noir & Rose blanche, *Joyce Carol Oates*
P4695. On n'empêche pas un petit cœur d'aimer *Claire Castillon*
P4696. Le Metteur en scène polonais, *Antoine Mouton*
P4697. Le Voile noir *suivi de* Je vous écris, *Anny Duperey*
P4698. Une forêt obscure, *Fabio M. Mitchelli*
P4699. Heureux comme un chat. Ma méthode pour changer de vie, *Docteur Dominique Patoune*
P4700. Soyez imprudents les enfants, *Véronique Ovaldé*
P4701. Cartel, *Don Winslow*
P4702. L'Amérique défaite. Portraits intimes d'une nation en crise, *George Packer*
P4703. Le Pouvoir de l'espoir, *Barack et Michelle Obama*
P4704. La Voix cachée, *Parinoush Saniee*
P4705. Celui qui est digne d'être aimé, *Abdellah Taïa*
P4706. Six Degrés de liberté, *Nicolas Dickner*
P4707. La Ville des tempêtes, *Jean Contrucci*
P4708. Les Revenants, *David Thomson*
P4709. Ce que tient ta main droite t'appartient *Pascal Manoukian*
P4710. Fraternels, *Vincent Borel*
P4711. Moonbloom, *Edward Lewis Wallant*
P4712. Macau, *Antoine Volodine*
P4713. Wonderland, *Jennifer Hillier*
P4714. L'Ambigu Monsieur Macron, *Marc Endeweld*
P4715. Pop Corner. La grande histoire de la pop culture *Hubert Artus*
P4716. Not Dead Yet. L'autobiographie, *Phil Collins*
P4717. Qu'il emporte mon secret, *Sylvie Le Bihan*
P4718. Le Livre de l'homme, *Barry Graham*
P4719. Les Anges sans visage, *Tony Parsons*
P4720. Les Furies, *Lauren Groff*

P4721. Un fils parfait, *Mathieu Menegaux*
P4722. Un dangereux plaisir, *François Vallejo*
P4723. Les Premiers. Une histoire des super-héros français *Xabi Molia*
P4724. Rome brûle, *Carlo Bonini et Giancarlo De Cataldo*
P4725. La Matière de l'absence, *Patrick Chamoiseau*
P4726. Le 36. Histoires de poulets, d'indics et de tueurs en série *Patricia Tourancheau*
P4727. Leur patient préféré. 17 histoires extraordinaires de psychanalystes, *Violaine de Montclos*
P4728. La Chair, *Rosa Montero*
P4729. Apatride, *Shumona Sinha*
P4730. Dans l'ombre, *Arnaldur Indridason*
P4731. 40 Jours avec Maurice Zundel et les Pères du désert *Patrice Gourrier, Jérôme Desbouchages*
P4732. Ose la vie nouvelle ! Les chemins de nos Pâques *Simone Pacot*
P4733. La Ligne de fuite, *Robert Stone*
P4734. Poutine de A à Z, *Vladimir Fédorovski*
P4735. Révoltée, *Evguénia Iaroslavskaïa-Markon*
P4736. Eugène Oniéguine. Roman en vers *Alexandre Pouchkine*
P4737. Les mots qui nous manquent *Yolande Zauberman et Paulina Mikol Spiechowicz*
P4738. La Longue Marche du juge Ti & Médecine chinoise à l'usage des assassins, *Frédéric Lenormand*
P4739. L'Apprentissage de Duddy Kravitz, *Mordecai Richler*
P4740. J'ai épousé l'aventure, *Osa Johnson*
P4741. Une femme chez les chasseurs de têtes, *Titaÿna*
P4742. Pékin-Pirate, *Xu Zechen*
P4743. Nous dormirons quand nous serons vieux, *Pino Corrias*
P4744. Cour Nord, *Antoine Choplin*
P4745. Petit Traité d'éducation lubrique, *Lydie Salvayre*
P4746. Long Island, *Christopher Bollen*
P4747. « Omar m'a tuer » : l'affaire Raddad, 1994. *Suivi de* « Il pleure, il pleure ! » : l'affaire Troppmann, 1869, *Emmanuel Pierrat*
P4748. « J'accuse » : l'affaire Dreyfus, 1894. *Suivi de* « Surtout ne confiez pas les enfants à la préfecture » : l'affaire Papon, 1997, *Emmanuel Pierrat*
P4749. « Juger Mai 68 » : l'affaire Goldman, 1974. *Suivi de* « J'ai choisi la liberté » : l'affaire Kravchenko, 1949 *Emmanuel Pierrat*
P4750. Deux Hommes de bien, *Arturo Pérez-Reverte*
P4751. Valet de pique, *Joyce Carol Oates*
P4752. Vie de ma voisine, *Geneviève Brisac*

P4753. Et je prendrai tout ce qu'il y a à prendre, *Céline Lapertot*
P4754. La Désobéissance, *Naomi Alderman*
P4755. Disent-ils, *Rachel Cusk*
P4756. Quand les femmes parlent d'amour. Une anthologie de la poésie féminine, *Françoise Chandernagor*
P4757. Mörk, *Ragnar Jónasson*
P4758. Kabukicho, *Dominique Sylvain*
P4759. L'Affaire Isobel Vine, *Tony Cavanaugh*
P4760. La Daronne, *Hannelore Cayre*
P4761. À vol d'oiseau, *Craig Johnson*
P4762. Abattez les grands arbres, *Christophe Guillaumot*
P4763. Kaboul Express, *Cédric Bannel*
P4764. Piégée, *Lilja Sigurdardóttir*
P4765. Promenades en bord de mer et étonnements heureux *Olivier de Kersauson*
P4766. Des erreurs ont été commises, *David Carkeet*
P4767. La Vie sexuelle des sœurs siamoises, *Irvine Welsh*
P4768. Des hommes de peu de foi, *Nickolas Butler*
P4769. Les murs ont la parole
P4770. Avant que les ombres s'effacent *Louis-Philippe Dalembert*
P4771. La Maison des brouillards, *Eric Berg*
P4772. La Pension de la via Saffi, *Valerio Varesi*
P4773. La Caisse des dépôts, *Sophie Coignard et Romain Gubert*
P4774. Français, Françaises, Belges, Belges, *Pierre Desproges*
P4775. La fille qui lisait dans le métro, *Christine Féret-Fleury*
P4776. Sept Graines de lumière dans le cœur des guerriers *Pierre Pellissier*
P4777. Rire et Guérir, *Christophe André et Muzo*
P4778. L'Effet haïku. Lire et écrire des poèmes courts agrandit notre vie, *Pascale Senk*
P4779. Il n'est jamais trop tard pour le plus grand amour. Petit traité d'espérance, *Michael Lonsdale*
P4780. Le bonheur quoi qu'il arrive. Propos fulgurants d'Armelle Six, *Robert Eymeri*
P4781. Les Sœurs ennemies, *Jonathan Kellerman*
P4782. Des enfants tuent un enfant. L'affaire Bulger *Gitta Sereny*
P4783. La Fin de l'histoire, *Luis Sepúlveda*
P4784. Le Jeu du chat et de la souris, *A Yi*
P4785. L'Âme des horloges, *David Mitchell*
P4786. On se souvient du nom des assassins *Dominique Maisons*
P4787. La Légèreté, *Emmanuelle Richard*
P4788. Les Retrouvailles des compagnons d'armes, *Mo Yan*
P4789. Les Fantômes du 3e étage, *Bernard Thomasson*

P4790. Premières Expéditions. Quatre du Congo & Terre farouche, *Patrice Franceschi*
P4791. Grandes Traversées. Qui a bu l'eau du Nil & Raid papou *Patrice Franceschi*
P4792. Fils d'homme, *Augusto Roa Bastos*
P4793. La Vie automatique, *Christian Oster*
P4794. Les Guerriers de l'ombre, *Jean-Christophe Notin*
P4795. Comme ses pieds, *Vikash Dhorasoo*
P4796. Fille de l'air, *Fiona Kidman*
P4797. Rebelles, un peu, *Claire Castillon*
P4798. Le jour où je me suis aimé pour de vrai, *Serge Marquis*
P4799. Votre commande a bien été expédiée *Nathalie Peyrebonne*
P4800. Vie et Mort de la jeune fille blonde, *Philippe Jaenada*
P4801. Les Pièges de l'exil, *Philip Kerr*
P4802. Breaking News, *Frank Schätzing*
P4803. Les Jours enfuis, *Jay McInerney*
P4804. Scènes de la vie future, *Georges Duhamel*
P4805. Soledad, *María Dueñas*
P4806. Entre eux, *Richard Ford*
P4807. Karst, *David Humbert*
P4808. Mise à jour, *Julien Capron*
P4809. Frères migrants, *Patrick Chamoiseau*
P4810. Nos ancêtres les Arabes. Ce que le français doit à la langue arabe, *Jean Pruvost*
P4811. Le Testament du Roc, *Denis Marquet*
P4812. Être là, *Véronique Dufief*
P4813. L'Embaumeur, *Isabelle Duquesnoy*
P4814. Jours barbares. Une vie de surf, *William Finnegan*
P4815. Trois Saisons d'orage, *Cécile Coulon*
P4816. Songe à la douceur, *Clémentine Beauvais*
P4817. La Femme à droite sur la photo, *Valentin Musso*
P4818. Lucia, Lucia, *Adriana Trigiani*
P4819. Évanouies, *Megan Miranda*
P4820. L'Invité sans visage, *Tana French*
P4821. Âme sœur, *Ivan Jablonka*
P4822. Un funambule sur le sable, *Gilles Marchand*
P4823. Embrouille à Monaco, *Peter Mayle*
P4824. Les Bras cassés, *Yann Le Poulichet*
P4825. Joie, *Clara Magnani*
P4826. Tu verras les âmes se retrouvent toujours quelque part *Sabrina Philippe*
P4827. Le Polar de l'été, *Luc Chomarat*
P4828. Infidèle, *Joyce Carol Oates*
P4829. Si proche, si loin, *Nina George*
P4830. Banditsky ! Chroniques du crime organisé à Saint-Pétersbourg, *Andreï Constantinov*

P4831. Obsessions, *Luana Lewis*
P4832. Japon Express. De Tokyo à Kyoto, *Raymond Depardon*
P4833. Discours à l'Assemblée nationale et à l'Académie française, *Simone Veil, Jean d'Ormesson*
P4834. L'Empereur à pied, *Charif Majdalani*
P4835. Souvenirs de la marée basse, *Chantal Thomas*
P4836. Mon père sur mes épaules, *Metin Arditi*
P4837. Je suis Jeanne Hébuterne, *Olivia Elkaim*
P4838. L'Avancée de la nuit, *Jakuta Alikavazovic*
P4839. La Maison Zen. Leçons d'un moine bouddhiste *Keisuke Matsumoto*
P4840. Petit Dictionnaire de la joie. Chanter l'instant *Blanche de Richemont*
P4841. La Première Phrase. 599 incipit ou façons d'ouvrir un livre, *Elsa Delachair*
P4842. Figures stylées. Les figures de style revisitées par les élèves et expliquées par leur prof *Mathilde Levesque*
P4843. Le Corps des ruines, *Juan Gabriel Vásquez*
P4844. Surtout rester éveillé, *Dan Chaon*
P4845. Taba-Taba, *Patrick Deville*
P4846. Par le vent pleuré, *Ron Rash*
P4847. Sciences de la vie, *Joy Sorman*
P4848. L'Étoile jaune de l'inspecteur Sadorski *Romain Slocombe*
P4849. Les Papiers d'Aspern, *Henry James*
P4850. Nos richesses, *Kaouther Adimi*
P4851. Si belle, mais si morte, *Rosa Mogliasso*
P4852. Hôtel du Grand Cerf, *Franz Bartelt*
P4853. Danser dans la poussière, *Thomas H. Cook*
P4854. Les Pleureuses, *Katie Kitamura*
P4855. Pacifique, *Tom Drury*
P4856. Sheppard Lee, *Robert Montgomery Bird*
P4857. Me voici, *Jonathan Safran Foer*
P4858. Motel Lorraine, *Brigitte Pilote*
P4859. Missing : New York, *Don Winslow*
P4860. Une prière pour Owen, *John Irving*
P4861. Minuit sur le canal San Boldo, *Donna Leon*
P4862. « Elles sont ma famille. Elles sont mon combat » : l'affaire de Bobigny, 1972, *suivi de* « Vous avez trouvé 11,9 mg d'arsenic » : l'affaire Besnard, 1952, *Emmanuel Pierrat*
P4863. « Vous injuriez une innocente » : l'affaire Grégory, 1993, *suivi de* « Si Violette a menti » : l'affaire Nozière, 1934, *Emmanuel Pierrat*

P4864. « Ils ne savent pas tirer » : l'affaire du Petit-Clamart, 1963, *suivi de* « On aime trop l'argent » : l'affaire Stavisky, 1935, *Emmanuel Pierrat*
P4865. Paul McCartney, *Philip Norman*
P4866. La Musique des mots. Chansons – 1988-2018, *Arthur H*
P4868. Justice soit-elle, *Marie Vindy*
P4869. Sous son toit, *Nicole Neubauer*
P4870. J'irai mourir sur vos terres, *Lori Roy*
P4871. Sur la route 66, *Stéphane Dugast, Christophe Géral*
P4872. La Serpe, *Philippe Jaenada*
P4873. Point cardinal, *Léonor de Récondo*
P4874. Fief, *David Lopez*
P4875. Utopia XXI, *Aymeric Caron*
P4876. Les Passeurs de livres de Daraya. Une bibliothèque secrète en Syrie, *Delphine Minoui*
P4877. Patron du RAID. Face aux attentats terroristes *Jean-Michel Fauvergue, Caroline de Juglart*
P4878. Tu le raconteras plus tard, *Jean-Louis Debré*
P4879. Retiens la vie, *Charles Aznavour*
P4880. Tous ces chemins que nous n'avons pas pris *William Boyd*
P4881. Vulnérables, *Richard Krawiec*
P4882. La Femme de l'ombre, *Arnaldur Indridason*
P4883. L'Année du lion, *Deon Meyer*
P4884. La Chance du perdant, *Christophe Guillaumot*
P4885. Demain c'est loin, *Jacky Schwartzmann*
P4886. Les Géants, *Benoît Minville*
P4887. L'Homme de Kaboul, *Cédric Bannel*
P4888. J'ai toujours aimé la nuit, *Patrick Chamoiseau*
P4889. Mindhunter. Dans la tête d'un profileur *John Douglas et Mark Olshaker*
P4890. En cœur à cœur avec Dieu. Mes plus belles prières *Guy Gilbert*
P4891. Le Choix du cœur. Enseignements d'une sage d'aujourd'hui, *Mata Amritanandamayi*
P4892. Baïkal-Amour, *Olivier Rolin*
P4893. L'Éducation de Jésus, *J.M. Coetzee*
P4894. Tout homme est une nuit, *Lydie Salvayre*
P4895. Le Triomphe de Thomas Zins, *Matthieu Jung*
P4896. Éléphant, *Martin Suter*
P4897. La Fille tatouée, *Joyce Carol Oates*
P4898. L'Affreuse Embrouille de via Merulana *Carlo Emilio Gadda*
P4899. Le monde est rond, *Gertrude Stein*
P4900. Pourquoi je déteste Noël, *Robert Benchley*
P4901. Le Rêve de ma mère, *Anny Duperey*

P4902. Mes mots sauvages, *Geneviève Brisac*
P4903. La Fille à histoires, *Irène Frain*
P4905. Questions de caractère, *Tom Hanks*
P4906. L'Histoire de mes dents, *Valeria Luiselli*
P4907. Le Dernier des yakuzas, *Jake Adelstein*
P4909. Dylan par Dylan. Interviews 1962-2004
Bob Dylan
P4910. L'Échappé belge. Chroniques et brèves
Alex Vizorek
P4911. La Princesse-Maïs, *Joyce Carol Oates*
P4912. Poèmes choisis, *Renée Vivien*
P4913. D'où vient cette pipelette en bikini qui marivaude dans le jacuzzi avec un gringalet en bermuda ? Dico des mots aux origines amusantes, insolites ou méconnues, *Daniel Lacotte*
P4914. La Pensée du jour, *Pierre Desproges*
P4915. En radeau sur l'Orénoque, *Jules Crevaux*
P4904. Leçons de grec, *Han Kang*
P4908. Des jours d'une stupéfiante clarté, *Aharon Appelfeld*
P4916. Celui qui va vers elle ne revient pas, *Shulem Deen*
P4917. Un fantôme américain, *Hannah Nordhaus*
P4918. Les Chemins de la haine, *Eva Dolan*
P4919. Gaspard, entre terre et ciel
Marie-Axelle et Benoît Clermont
P4920. Kintsukuroi. L'art de guérir les blessures émotionnelles
Tomás Navarro
P4921. Le Parfum de l'hellébore, *Cathy Bonidan*
P4922. Bad Feminist, *Roxane Gay*
P4923. Une ville à cœur ouvert, *Żanna Słoniowska*
P4924. La Dent du serpent, *Craig Johnson*
P4925. Quelque part entre le bien et le mal, *Christophe Molmy*
P4926. Quatre Lettres d'amour, *Niall Williams*
P4927. Madone, *Bertrand Visage*
P4928. L'étoile du chien qui attend son repas, *Hwang Sok-Yong*
P4929. Minerai noir. Anthologie personnelle et autres recueils
René Depestre
P4930. Les Buveurs de lumière, *Jenni Fagan*
P4931. Nicotine, *Gregor Hens*
P4932. Et vous avez eu beau temps ? La perfidie ordinaire des petites phrases, *Philippe Delerm*
P4933. 10 Règles de français pour faire 99 % de fautes en moins
Jean-Joseph Julaud
P4934. Au bonheur des fautes. Confessions d'une dompteuse de mots, *Muriel Gilbert*
P4935. Falaise des fous, *Patrick Grainville*
P4936. Dernières Nouvelles du futur, *Patrice Franceschi*

P4937. Nátt, *Ragnar Jónasson*
P4938. Kong, *Michel Le Bris*
P4939. La belle n'a pas sommeil, *Éric Holder*
P4940. Chien blanc et balançoire, *Mo Yan*
P4941. Encore heureux, *Yves Pagès*
P4942. Offshore, *Petros Markaris*
P4943. Le Dernier Hyver, *Fabrice Papillon*
P4944. « Les Excuses de l'institution judiciaire » : l'affaire d'Outreau, 2004. *Suivi de* « Je désire la mort » : l'affaire Buffet-Bontems, 1972, *Emmanuel Pierrat*
P4945. « On veut ma tête, j'aimerais en avoir plusieurs à vous offrir » : l'affaire Landru, 1921. *Suivi de* « Nous voulons des preuves » : l'affaire Dominici, 1954, *Emmanuel Pierrat*
P4946. « Totalement amoral » : l'affaire du Dr Petiot, 1946. *Suivi de* « Vive la France, quand même ! » : l'affaire Brasillach, 1946, *Emmanuel Pierrat*
P4947. Grégory. Le récit complet de l'affaire *Patricia Tourancheau*
P4948. Génération(s) éperdue(s), *Yves Simon*
P4949. Les Sept Secrets du temps, *Jean-Marc Bastière*
P4950. Les Pierres sauvages, *Fernand Pouillon*
P4951. Lettres à Nour, *Rachid Benzine*
P4952. Niels, *Alexis Ragougneau*
P4953. Phénomènes naturels, *Jonathan Franzen*
P4954. Le Chagrin d'aimer, *Geneviève Brisac*
P4955. Douces Déroutes, *Yanick Lahens*
P4956. Massif central, *Christian Oster*
P4957. L'Héritage des espions, *John le Carré*
P4958. La Griffe du chat, *Sophie Chabanel*
P4959. Les Ombres de Montelupo, *Valerio Varesi*
P4960. Le Collectionneur d'herbe, *Francisco José Viegas*
P4961. La Sirène qui fume, *Benjamin Dierstein*
P4962. La Promesse, *Tony Cavanaugh*
P4963. Tuez-les tous... mais pas ici, *Pierre Pouchairet*
P4964. Judas, *Astrid Holleeder*
P4965. Bleu de Prusse, *Philip Kerr*
P4966. Les Planificateurs, *Kim Un-Su*
P4967. Le Filet, *Lilja Sigurdardóttir*
P4968. Le Tueur au miroir, *Fabio M. Mitchelli*
P4969. Tout le monde aime Bruce Willis, *Dominique Maisons*
P4970. La Valeur de l'information. *Suivi de* Combat pour une presse libre, *Edwy Plenel*
P4971. Tristan, *Clarence Boulay*
P4972. Treize Jours, *Roxane Gay*
P4973. Mémoires d'un vieux con, *Roland Topor*
P4974. L'Étang, *Claire-Louise Bennett*

P4975. Mémoires au soleil, *Azouz Begag*
P4976. Écrit à la main, *Michael Ondaatje*
P4977. Journal intime d'un touriste du bonheur
Jonathan Lehmann
P4978. Qaanaaq, *Mo Malø*
P4979. Faire des pauses pour se (re)trouver, *Anne Ducrocq*
P4980. Guérir de sa famille par la psychogénéalogie
Michèle Bromet-Camou
P4981. Dans le désordre, *Marion Brunet*
P4982. Meurtres à Pooklyn, *Mod Dunn*
P4983. Iboga, *Christian Blanchard*
P4984. Paysage perdu, *Joyce Carol Oates*
P4985. Amours mortelles. Quatre histoires où l'amour
tourne mal, *Joyce Carol Oates*
P4986. J'ai vu une fleur sauvage. L'herbier de Malicorne
Hubert Reeves
P4987. La Course de la mouette, *Barbara Halary-Lafond*
P4988. Poèmes et antipoèmes, *Nicanor Parra*
P4989. Herland, *Charlotte Perkins Gilman*
P4990. Dans l'épaisseur de la chair, *Jean-Marie Blas de Roblès*
P4991. Ouvre les yeux, *Matteo Righetto*
P4992. Dans les pas d'Alexandra David-Néel. Du Tibet
au Yunnan, *Éric Faye, Christian Garcin*
P4993. Lala Pipo, *Hideo Okuda*
P4994. Mes prolongations, *Bixente Lizarazu*
P4995. Moi, serial killer. Les terrifiantes confessions
de 12 tueurs en série, *Stéphane Bourgoin*
P4996. Les Sorcières de la République, *Chloé Delaume*
P4997. Les Chutes, *Joyce Carol Oates*
P4998. Petite Sœur mon amour, *Joyce Carol Oates*
P4999. La douleur porte un costume de plumes, *Max Porter*
P5000. L'Expédition de l'espoir, *Javier Moro*
P5001. Séquoias, *Michel Moutot*
P5002. Indu Boy, *Catherine Clément*
P5005. L'argent ne fait pas le bonheur mais les luwak si
Pierre Derbré
P5006. En camping-car, *Ivan Jablonka*
P5007. Beau Ravage, *Christopher Bollen*
P5008. Ariane, *Myriam Leroy*
P5009. Est-ce ainsi que les hommes jugent ?
Mathieu Menegaux
P5010. Défense de nourrir les vieux, *Adam Biles*
P5011. Une famille très française, *Maëlle Guillaud*
P5012. Le Hibou dans tous ses états, *David Sedaris*
P5013. Mon autre famille : mémoires, *Armistead Maupin*
P5014. Graffiti Palace, *A. G. Lombardo*

P5015. Les Monstres de Templeton, *Lauren Groff*
P5016. Falco, *Arturo Pérez-Reverte*
P5017. Des nuages plein la tête. Un pâtre en quête d'absolu *Brice Delsouiller*
P5018. La Danse du chagrin, *Bernie Bonvoisin*
P5019. Peur, *Bob Woodward*
P5020. Secrets de flic. Guerre des polices, stups et mafia, l'ex-patron de la PJ raconte, *Bernard Petit*
P5023. Passage des ombres, *Arnaldur Indridason*
P5024. Les Saisons inversées, *Renaud S. Lyautey*
P5025. Dernier Été pour Lisa, *Valentin Musso*
P5026. Le Jeu de la défense, *André Buffard*
P5027. Esclaves de la haute couture, *Thomas H. Cook*
P5028. Crimes de sang-froid, *Collectif*
P5029. Missing : Germany, *Don Winslow*
P5030. Killeuse, *Jonathan Kellerman*
P5031. #HELP, *Sinéad Crowley*
P5032. L'Humour au féminin en 700 citations *Macha Méril & Christian Poncelet*
P5033. Baroque Sarabande, *Christiane Taubira*
P5034. Moins d'ego, plus de joie ! Un chemin pour se libérer *Christopher Massin*
P5035. Le Monde selon Barney, *Mordecai Richler*
P5036. Portrait de groupe avec dame, *Heinrich Böll*
P5037. Notre-Dame. Une anthologie de textes d'écrivains
P5003. Les cigognes sont immortelles, *Alain Mabanckou*
P5038. La Chance de leur vie, *Agnès Desarthe*
P5039. Forêt obscure, *Nicole Krauss*
P5040. Des pierres dans ma poche, *Kaouther Adimi*
P5041. Einstein, le sexe et moi, *Olivier Liron*
P5042. Carnaval noir, *Metin Arditi*
P5043. Roissy, *Tiffany Tavernier*
P5044. Darling Days, *iO Tillett Wright*
P5045. Le Bleu du lac, *Jean Mattern*
P5046. Qui a tué mon père, *Edouard Louis*
P5047. Les Enfants de cœur, *Heather O'Neill*
P5048. L'Aurore, *Selahattin Demirtas*
P5049. Comment t'écrire adieu, *Juliette Arnaud*
P5050. Le Syndrome de la chouquette, *Nicolas Santolaria*
P5051. Ça commence par moi, *Julien Vidal*
P5052. Les Papillons de comptoirs, *Jean-Marie Gourio*
P5053. La Vita nuova, *Dante*
P5054. Sótt, *Ragnar Jónasson*
P5055. Sadorski et l'Ange du péché, *Romain Slocombe*
P5056. D'argent et de sang, *Fabrice Arfi*
P5057. Débranchez-vous !, *Matt Haig*

P5058. Hôtel Waldheim, *François Vallejo*
P5059. Des raisons de se plaindre, *Jeffrey Eugenides*
P5060. Manuel de survie à l'usage des jeunes filles
Mick Kitson
P5061. Seul à travers l'Atlantique, *Alain Gerbault*
P5062. La Terre magnétique, *Édouard Glissant*
P5063. Dans mes pas, *Jean-Louis Étienne*
P5064. Raga. Approche du continent invisible
Jean-Marie Gustave Le Clézio
P5065. Mais ne sombre pas, *Aristide Barraud*
P5066. La Vie sexuelle en France, *Janine Mossuz-Lavau*
P5067. Dégradation, *Benjamin Myers*
P5068. Les Disparus de la lagune, *Donna Leon*
P5069. L'homme qui tartinait une éponge, *Colette Roumanoff*
P5070. La Massaia, *Paola Masino*
P5071. Le Cœur blanc, *Catherine Poulain*
P5072. Frère d'âme, *David Diop*
P5073. Désintégration, *Emmanuelle Richard*
P5074. Des mirages plein les poches, *Gilles Marchand*
P5075. J'ai perdu mon corps, *Guillaume Laurant*
P5076. Le Dynamiteur, *Henning Mankell*
P5077. L'Homme sans ombre, *Joyce Carol Oates*
P5078. Le Paradoxe Anderson, *Pascal Manoukian*
P5079. De l'aube à l'aube, *Alain Bashung*
P5080. Journal d'un observateur, *Alain Duhamel*
P5081. C'est aujourd'hui que je vous aime, *François Morel*
P5082. Crépuscule, *Juan Branco*
P5083. Les Fabuleuses Aventures de Nellie Bly, *Nellie Bly*
P5084. Le Roman du Canard, *Patrick Rambaud*
P5085. Les Aventures illustrées de Pensouillard le hamster.
Comment apprivoiser l'ego, *Serge Marquis*
P5086. Les 300 Plus Belles Fautes... à ne pas faire.
Et autres extravagances à éviter, *Alfred Gilder*
P5087. Le ministre est enceinte. Ou la grande querelle
de la féminisation des noms, *Bernard Cerquiglini*
P5088. Les Mots voyageurs. Petite histoire du français
venu d'ailleurs, *Marie Treps*
P5089. Un bonbon sur la langue. On n'a jamais fini de découvrir
le français !, *Muriel Gilbert*
P5090. Luc, mon frère, *Michael Lonsdale*
P5091. Un haïku chaque jour. Un poème et sa méditation
pour être plus présent à la vie, *Pascale Senk*
P5092. 365 Jours avec Rainer Maria Rilke. Paroles d'un maître
de vie, *Rainer Maria Rilke*
P5093. Les Fils de la poussière, *Arnaldur Indridason*

P5094. Treize Jours, *Arni Thorarinsson*
P5095. Tuer Jupiter, *François Médéline*
P5096. Pension complète, *Jacky Schwartzmann*
P5097. Jacqui, *Peter Loughran*
P5098. Jours de crimes, *Stéphane Durand-Souffland et Pascale Robert-Diard*
P5099. Esclaves de la haute couture, *Thomas H. Cook*
P5100. Chine, retiens ton souffle, *Qiu Xiaolong*
P5101. Exhumation, *Jesse et Jonathan Kellerman*
P5102. Lola, *Melissa Scrivner Love*
P5103. L'Oubli, *David Foster Wallace*
P5104. Le Prix, *Cyril Gely*
P5105. Le Pleurnichard, *Jean-Claude Grumberg*
P5106. Midi, *Cloé Korman*
P5107. Une douce lueur de malveillance, *Dan Chaon*
P5108. Manifesto, *Léonor de Récondo*
P5109. L'Été des charognes, *Simon Johannin*
P5110. Les Enténébrés, *Sarah Chiche*
P5111. La Vie lente, *Abdellah Taïa*
P5112. Les grandes villes n'existent pas, *Cécile Coulon*
P5113. Des vies possibles, *Charif Majdalani*
P5114. Le Mangeur de livres, *Stéphane Malandrin*
P5115. West, *Carys Davies*
P5116. Le Syndrome du varan, *Justine Niogret*
P5117. Le Plongeur, *Stéphane Larue*
P5118. Hunger, *Roxane Gay*
P5119. Dégager l'écoute, *Raymond Depardon et Claudine Nougaret*
P5120. Comment j'ai arrêté de manger les animaux *Hugo Clément*
P5121. Anagrammes. Pour sourire et rêver, *Jacques Perry-Salkow*
P5122. Les Spaghettis de Baudelaire. 50 conseils pour briller en cours de lettres, *Thierry Maugenest*
P5123. Tout autre nom, *Craig Johnson*
P5124. Requiem, *Tony Cavanaugh*
P5125. Ce que savait la nuit, *Arnaldur Indridason*
P5126. Scalp, *Cyril Herry*
P5127. Haine pour haine, *Eva Dolan*
P5128. Trois Jours, *Petros Markaris*
P5129. Quand notre cœur s'ouvre à la spiritualité *Caroline Coldefy*
P5130. Les Invisibles, *Antoine Albertini*
P5131. Le Fil de nos vies brisées, *Cécile Hennion*
P5132. D'os et de lumière, *Mike McCormack*
P5133. Le Nouveau, *Tracy Chevalier*